“俄罗斯文学译丛”系
“金色俄罗斯丛书”平装版

仅凭一首诗

——霍达谢维奇诗选

Обо всём в одних стихах не скажешь.

[俄] 霍达谢维奇 / 著
王立业 / 译

四川人民出版社

图书在版编目（CIP）数据

仅凭一首诗：霍达谢维奇诗选/（俄罗斯）霍达谢维奇著；王立业译. —成都：四川人民出版社，2021.8

（俄罗斯文学译丛）

ISBN 978－7－220－12313－9

Ⅰ.①仅… Ⅱ.①霍… ②王… Ⅲ.①诗集－俄罗斯－现代 Ⅳ.①I512.25

中国版本图书馆 CIP 数据核字（2021）第 105606 号

JINPING YISHOUSHI HUODAXIEWEIQI SHIXUAN

仅凭一首诗：霍达谢维奇诗选

（俄）霍达谢维奇　著　王立业　译

策划组稿	黄立新　张春晓
责任编辑	张春晓
装帧设计	张迪茗
责任印制	祝　健
出版发行	四川人民出版社（成都槐树街 2 号）
网　　址	http://www.scpph.com
E-mail	scrmcbs@sina.com
新浪微博	@四川人民出版社
微信公众号	四川人民出版社
发行部业务电话	（028）86259624　86259453
防盗版举报电话	（028）86259624
照　　排	四川胜翔数码印务设计有限公司
印　　刷	成都国图广告印务有限公司
成品尺寸	140mm×203mm
印　　张	9.75
字　　数	200 千
版　　次	2021 年 8 月第 1 版
印　　次	2021 年 8 月第 1 次印刷
书　　号	ISBN 978－7－220－12313－9
定　　价	49.80 元

■版权所有・侵权必究
本书若出现印装质量问题，请与我社发行部联系调换
电话：（028）86259453

致敬“金色俄罗斯丛书”译介团队，感谢所有参与者为传播俄罗斯文学、增进中俄两国人民文化交流而做的努力！

汪剑钊　丛书主编，北京外国语大学外国文学研究所教授，博士生导师。

张建华　北京外国语大学教授，博士生导师。

张　冰　北京师范大学俄语系教授，博士生导师。

赵晓彬　哈尔滨师范大学斯拉夫语学院副院长，教授，博士生导师。

杨玉波　哈尔滨师范大学斯拉夫语学院副教授，文学博士。

郑艳红　中国社会科学院文学博士，绥化学院外国语系教师。

张　猛　北京外国语大学外国文学研究所博士。

李　莉　北京师范大学文学博士，杭州师范大学教授。

顾宏哲　辽宁大学俄语系副教授，硕士生导师。

赵艳秋　复旦大学俄语系副主任，文学博士。

侯玮红　中国社会科学院外国文学研究所俄罗斯文学研究室主任，文学博士。

池济敏　四川大学外国语学院副院长，副教授，文学博士。

飞　白　云南大学外语系教授，浙江省比较文学与外国文学学会名誉会长。

黄　玫　北京外国语大学俄语学院教授，博士生导师。

杨晓笛　北京外国语大学博士，太原理工大学教师。

李玉萍　洛阳理工学院外国语学院教师，文学博士。

王立业　北京外国语大学俄语学院教授，博士生导师。

邱　鑫　黑龙江大学俄语学院文学博士。

郭靖媛　北京大学世界文学研究所博士。

薛冉冉　浙江大学外语学院副教授，博士。

温玉霞　西安外国语大学俄语学院教授，博士生导师。

潘月琴　北京外国语大学俄语学院副教授，博士。

余　翔　北京外国语大学外国文学研究所博士。

李春雨　厦门大学外文学院助理教授、博士。

董树丛　山东文艺出版社编辑，文学硕士。

冯昭玙　浙江大学外文系教授。

杜　健　北京师范大学俄语语言文学专业博士。

韩宇琪　北京师范大学俄语语言文学专业博士。

徐　琪　厦门大学外文学院教授，文学博士

徐曼琳　四川外国语大学俄语系教授，文学博士。

欢迎更多的译者加入“金色俄罗斯丛书”……

（按译作出版时间排序。）

四川人民出版社  文学出版中心

金色的“林中空地”（总序）

汪剑钊

2014 年 2 月 7 日至 23 日，第二十二届冬奥会在俄罗斯的索契落下帷幕，但其中一些场景却不断在我的脑海回旋。我不是一个体育迷，也无意对其中的各项赛事评头论足。不过，这次冬奥会的开幕式与闭幕式上出色的文艺表演给我留下了深刻的印象，迄今仍然为之感叹不已。它们印证了一个民族对自身文化由衷的热爱和自觉的传承。前后两场典仪上所蕴含的丰厚的人文精髓是不能不让所有观者为之瞩目的。它们再次证明，俄罗斯人之所以能在世界上赢得足够的尊重，并不是凭借自己的快马与军刀，也不是凭借强大的海军或空军，更不是凭借所谓的先进核武器和航母，而是凭借他们在文化和科技上的卓越贡献。正是这些劳动成果擦亮了世界人民的眼睛，引燃了人们眸子里的惊奇。我们知道，武力带给人们的只有恐惧，而文化却值得给予永远的珍爱与敬重。

众所周知，《战争与和平》是俄罗斯文学的巨擘托尔斯泰所著的一部史诗性小说。小说的开篇便是沙皇的宫廷女官安娜·帕夫洛夫娜家的舞会，这是介绍叙事艺术时经常被提到的一个经典性例子。借助这段描写，托尔斯泰以他的天才之笔将小说中的重要人物一一拈出，为以后的宏大叙事嵌入了一根强劲的楔子。2014 年 2 月 7 日晚，该届冬奥会开幕式的表演以芭蕾舞的形式再现了这一场景，令我们重温了“战争”前夜的“和平”魅力（我觉得，就一定程度上说，体育竞技堪称是一种和平方式的模拟性战争）。有意思的是，在各国健儿经过数十天的激烈争夺以后，2 月 23 日，闭幕式让体育与文化有了再一次的亲密拥抱。总导演康斯坦丁·恩斯特希望“挑选一些对于世界有影响力的俄罗斯文化，那也是世界文化遗产的一部分”。于是，他请出了在俄罗斯文学史上引以为傲的一部分重量级人物：伴随拉赫玛尼诺夫第二钢琴协奏曲的演奏，普希金、果戈理、屠格涅夫、托尔斯泰、陀思妥耶夫斯基、契诃夫、马雅可夫斯基、阿赫玛托娃、茨维塔耶娃、布尔加科夫、索尔仁尼琴、布罗茨基等经典作家和诗人在冰层上一一复活，与现代人进行了一场超越时空的精神对话。他们留下的文化遗产像雪片似的飘入了每个人的内心，滋润着后来者的灵魂。

美裔英国诗人 T. S. 艾略特在《诗的作用和批评的作用》一文中说：“一个不再关心其文学传承的民族就会变得野蛮；一个民族如果停止了生产文学，它的思想和感受力就会止步不前。一个民族的诗歌代表了它的意识的最高点，代表了它最强大的力量，也代表了它最为纤细敏锐的感受力。”在世界各民族中，俄罗斯堪称最为关心自己“文学传承”的一个民族，而它辽阔的地理特征则为自己的文学生态提供了一大片培植经典的金色的“林中空地”。迄今，在这片土地上生根发芽并长成参天大树的作家与作品已不计其数。除上述提及的文学巨匠以外，19 世纪的茹科夫斯基、巴拉廷斯基、莱蒙托夫、丘特切夫、别林斯基、赫尔岑、费特等，20 世纪的高尔基、勃洛克、安德烈耶夫、什克洛夫斯基、普宁、索洛古勃、吉皮乌斯、苔菲、阿尔志跋绥夫、列米佐夫、什梅廖夫、波普拉夫斯基、哈尔姆斯等，均以自己的创造性劳动进入了经典的行列，向世界展示了俄罗斯奇异的美与力量。

中国与俄罗斯是两个巨人式的邻国，相似的文化传统、相似的历史沿革、相似的地理特征、相似的社会结构和民族特性，为它们的交往搭建了一个开阔的平台。早在 1932 年，鲁迅先生就为这种友谊写下一篇“贺词”——《祝中俄文字之交》，指出中国新文学所受的“启发”，将其看作自己的“导师”和“朋友”。20 世纪 50 年代，由于意识形态的接近，中国与俄国在文化交流上曾出现过一个“蜜月期”，在那个特定的时代，俄罗斯文学几乎就是外国文学的一个代名词。俄罗斯文学史上的一些名著，如《叶甫盖尼・奥涅金》《死魂灵》《贵族之家》《猎人笔记》《战争与和平》《复活》《罪与罚》《第六病室》《丽人吟》《日瓦戈医生》《安魂曲》《没有主人公的叙事诗》《静静的顿河》《带星星的火车票》《林中水滴》《金蔷薇》和《钢铁是怎样炼成的》等，都曾经是坊间耳熟能详的书名，有不少读者甚至能大段大段背诵其中精彩的章节。在一定程度上，我们可以说，翻译成中文的俄罗斯文学作品已构成了中国新文学的一个重要组成部分，成为现代汉语中的经典文本，就像已广为流传的歌曲《莫斯科郊外的晚上》《三套车》《喀秋莎》《山楂树》等一样，后者似乎已理所当然地成为中国的民歌。迄今，它们仍在闪烁金子般的光芒。

不过，作为一座富矿，俄罗斯文学在中文中所显露的仅是冰山一角，大量的宝藏仍在我们有限的视域之外。其中，赫尔岑的人性，丘特切夫的智慧，费特的唯美，洛赫维茨卡娅的激情，索洛古勃与阿尔志跋绥夫在绝望中的希望，苔菲与阿维尔琴科的幽默，什克洛夫斯基的精致，波普拉夫斯基的超现实，哈尔姆斯的怪诞，等等，大多还停留在文学史上的地图式导游。为此，作为某种传承，也是出自传播和介绍的责任，我们编选和翻译了这套“金色俄罗斯丛书”，其目的是进一步挖掘那些依然静卧在俄罗斯文化沃土中的金锭。可以说，被选入本丛书的均是经过了淘洗和淬炼的经典文本，它们都配得上“金色”的荣誉。

行文至此，我们有必要就“经典”的概念略做一点说明。在汉语中，“经典”一词最早出现于《汉书·孙宝传》：“周公上圣，召公大贤。尚犹有不相说，著于经典，两不相损。”汉朝是华夏民族展示凝聚力的重要朝代，当时的统治者不仅实现了政治上的统一，而且也希望在文化上设立标杆与范型，亟盼对前代思想交流上的混乱与文化积累上的泥沙俱下状态进行一番清理与厘定。客观地说，它取得了一定的成效，虽说也因此带来了“罢黜百家”的重大弊端。就文学而言，此前通称的“诗三百”也恰恰在那时完成了经典化的过程，被确定为后世一直崇奉的《诗经》。关于“经典”的含义，唐代的刘知幾在《史通·叙事》中有过一个初步的解释：“自圣贤述作，是曰经典。”这里，他将圣人与前贤的文字著述纳入经典的范畴，实际是一种互证的做法。因为，历史上那些圣人贤达恰恰是因为他们杰出的言说才获得自己的荣名的。

那么，从现代的角度来看，什么是经典呢？商务印书馆出版的《现代汉语词典》给出了这样的释义：1. 指传统的具有权威性的著作：博览经典。2. 泛指各宗教宣扬教义的根本性著作。不同于词典的抽象与枯涩，意大利著名作家卡尔维诺归纳出了十四条非常感性的定义，其中最为人称道的是其中两条：其一，一部经典作品是一本每次重读都像初读那样带来发现的书；一部经典作品是一本即使我们初读也好像是在重温的书。其二，经典作品是一些产生某种特殊影响的书，它们要么自己以遗忘的方式给我们的想象力打下印记，要么乔装成个人或集体的无意识隐藏在深层记忆中。参照上述定义，我们觉得，经典就是经受住了历史与时间的考验而得以流传的文化结晶，表现为文字或其他传媒方式，在某个领域或范围具有一定的权威性和典范性，可以成为某个民族、甚或整个人类的精神生产的象征与标识。换一个说法，每一部经典都是对时间之流逝的一次成功阻击。经典的诞生与存在可以让时间静止下来，打开又一扇大门，带你进入崭新的世界，为虚幻的人生提供另一种真实。

或许，我们所面临的时代确实如卡尔维诺所说："读经典作品似乎与我们的生活步调不一致，我们的生活步调无法忍受把大段大段的时间或空间让给人本主义者的悠闲；也与我们文化中的精英主义不一致，这种精英主义永远也制定不出一份经典作品的目录来配合我们的时代。"那么，正如沙漠对水的渴望一样，在漠视经典的时代，我们还是要高举经典的大纛，并且以卡尔维诺的另一段话镌刻其上："现在可以做的，就是让我们每个人都发明我们理想的经典藏书室；而我想说，其中一半应该包括我们读过并对我们有所裨益的书，另一些应该是我们打算读并假设对我们有所裨益的书。我们还应该把一部分空间让给意外之书和偶然发现之书。"

愿"金色俄罗斯"能走进你的藏书室，走进你的精神生活，走进你的内心！

霍达谢维奇的人生与诗歌（译序）

霍达谢维奇是俄罗斯第一次侨民文学浪潮的标杆型诗人。高尔基称其为“白银时代”最好的诗人，毫不讳言从其诗作中汲取过文学营养。纳博科夫则自称因霍达谢维奇的诗而走出江郎才尽之窘境，别雷、布罗茨基等都对他非同寻常的诗思与诗艺做过非常高的评价。霍达谢维奇的诗尤以心理描写见长，同时不乏哲理与伦理因素。霍达谢维奇诗歌个性独特，尤为擅长矛盾修饰法，同时以其奇自无奇，理寓悖理的独特构思震惊诗界。在他的诗中既可读到果戈理的“狂人”“痴语”，也可以读到陀思妥耶夫斯基式的“灵魂绝叫”；既可读到屠格涅夫的隐蔽描写，也可以读到费特的唯美抒怀。当然，他的诗绝不止于古典韵味，同时富有现代气息，致力于两个世纪最优秀传统的完美结合。

一

霍达谢维奇在他的一篇论普希金的文章中写道，诗人的生平是其诗歌创作的基础。无独有偶，鲍戈莫洛夫如是评论霍达谢维奇：要想真正读懂霍达谢维奇的诗，必须努力了解他的生平。的确，霍达谢维奇的诗歌是他人生的写照，精神的自传是他创作的基础。

弗拉季斯拉夫·霍达谢维奇（1886—1939）出生于莫斯科一个种族混杂的家庭。他的父亲是立陶宛裔的破落波兰贵族，摄影师，母亲则出身于一个犹太人家庭，天主教徒。这个家庭含纳着不同的社会层次，汇聚着各种文化，不仅赋予了未来诗人多元的文化修养与才气，同时也让霍达谢维奇一生笃信天主教。由于父母亲晚来得子（霍达谢维奇出生时，父亲52岁，母亲42岁），自然格外心疼于他，注重他的文化教育，在家中给他营造了浓郁的天主教氛围，并力主他学波兰语。但正如诗人在《莫斯卡理朋友》一文中所写，父母不经意把他送进了俄语学校，从而使他们的计划完全落空。一接触俄罗斯文化，霍达谢维奇便如同孩子找到了母亲，对俄罗斯的深沉眷恋随即化成无限热爱，由此认定自己是俄罗斯人，断言他的命运将和俄罗斯民族文化与历史血乳交融，以至于后来成为大诗人的霍达谢维奇自豪地称自己是俄罗斯文化传承中的“牢固一环”（《纪念碑》）。并就此认定自己就是俄罗斯人，他的命运将和俄罗斯民族文化与历史血乳交融，并葆有对俄罗斯语言与文化不变的忠诚，尽管后来诗人以他出色的译笔向俄罗斯人展示了波兰诗人密茨凯维奇等多位波兰诗人的诗，同时在不懂欧洲语言的情况下，逐行作注地翻译了近十位用伊夫里特语写作的犹太诗人的作品，诗人译介的目的在于为俄罗斯文学的发展提供参照，同时也进一步加深他对俄罗斯文化的痴迷，这种异乎寻常的感情附着于诗人的一生。正如别尔别洛娃所说，没有一个诗人会像霍达谢维奇那样，自身不具备一丁点俄罗斯血统，却与俄罗斯有着如此千丝万缕的联系。

物化弄人。尽管霍达谢维奇生就天赋极高，却自生之日至死之时始终与疾病相伴。四岁起，他就立誓做一名芭蕾舞演员，却因患支气管炎而美梦成空（但芭蕾对他的创作命运却产生了至关重要的影响。诗人日后曾自白："说到底我是通过芭蕾走向整体意义的艺术，尤其是走向诗歌。大剧院是我的精神家园。"）；霍达谢维奇自幼对诗有着独特的灵气，六岁便已挥笔作诗，但稚嫩的诗句总是浸满了疼痛与忧伤，小小年纪便对"死"产生了恐惧，竟随时做好为肺结核病和爱情而死的准备；成年时脊椎结核病像一块烂膏药死死黏在他身上，痛得他跳窗自杀，是乳妈库金娜救他于绝望之中。为治病，他曾穿起石膏背心，有一次竟被吊起在卡车里，送至克里米亚养病；自 19 岁起，陪伴他的是一身的脓疮，常常因此而中断他的创作（诗人数过，在他写《走种子的路》时，身上竟起了 120 个脓疮）。有人做过形象的比喻，说霍达谢维奇的诗充满了混杂的药味，如同一张张医药诊断单。抒情主人公的肖像是清一色的瘦骨嶙峋，面色惨白而又泛着蜡黄，满头白发，陷坐在沙发里，两指夹着熄灭的烟卷。不断的疾病，造就日益恶劣的心情，竟描画出近乎千篇一律的人物肖像，这些肖像分明是生活中的霍达谢维奇的复制，它们非但与诗人本人形同，而且神似：那乜斜的眼神分明透露着霍达谢维奇式的阴冷与无奈，那神情似乎随时向外界传递着对人生的绝望与诅咒。心态的失常，使得霍达谢维奇的近乎开山诗作就弥漫着超常的苦涩与绝望：我将熄灭……我将熄灭……万念已成灰烬……我行将死去。

革命年代的霍达谢维奇像勃洛克、别雷一样，投身于革命，尽管如他后来所说，“非我所愿，却又尽己所能”。1918 年春霍达谢维奇开始在莫斯科苏维埃任职，先后在莫斯科苏维埃戏剧小组、教育人民委员会戏剧处工作，均因性格怪异暴躁，言语刻毒偏激，个人表现欲太强而不能落脚。后来在莫斯科“无产阶级文化协会”专事讲授普希金和在《世界文学》杂志社莫斯科分社任编辑，但先后因不满于工作的枯燥无味，“思想领袖”们的愚蠢和官僚们“非常的‘长官意志’”而愤然离去，随之陷入饥寒交迫之窘境。为维持最基本的生活，他和几个朋友四处筹措经费，开起了作家书铺，穷得把三戈比的第一笔进项当作救命的稻草而欣喜若狂。好不容易熬到了勉强填饱肚子的时刻，但随之而来的严冬又把他们再次推入了生活的窘境，没有暖气的半地下室如同冰窖一般，使他感受到了从未有过的生理上与精神上的寒冷。1920 年，苏维埃政府不顾霍达谢维奇贫病交加这一现实，让他奔赴前线，万般无奈的他致信列宁，是高尔基救了他，将这封信带至克里姆林宫，从而免去了霍达谢维奇的充军之行，并对他和他的妻子们予以多方关照。这一切经历，都幻化成这一时期揪痛人心的诗行，灵与肉分离的痛苦呻吟（《灵魂》“我的灵魂似一轮圆月……”、《瓶塞儿》等）。

打开霍达谢维奇的诗卷，可以读到不少爱情的诗章。诗人的爱情诗在很大程度上同样是他本人情感历程的自述。1905 年他和莫斯科的头号美女玛琳娜结婚，这是一个富有而又性情古怪的女人，时隔不久，玛琳娜便弃旧图新，另攀高枝，给诗人心头留下终身难愈的重创，同时玛琳娜的形象不断现身于他早期的诗作中，其中包括他的第一本诗集《青春》（1908）。诗人在诗集再版时写道，他将诗集冠名为《青春》，实乃对他第一次爱情的痛苦嘲讽："平凡而又完整的"世界轰然坍塌，还有何青春可谈！作品中爱情主人公忍受着精神与肉体的几重折磨，甚至连"死"的权利都已丧失。整个诗集是诗人个人情绪的喧吐，身世经历的写照，被人抛弃的孤独与忧伤，鸣响着悲观与消极的音调。诗人的第二位恋人虽未和他走入婚姻，却戴着"公主"的花冠走进诗人1910—1911年间的诗文中；他的第二部诗集《幸福的小屋》（1914）是诗人献给第二位妻子格伦齐昂的情感绝唱，正是这位女人与诗人风雨同舟，共同经历了短暂的幸福，长久的痛苦，革命前后的饥荒与拮据，养儿育女的艰辛，以及精心照料多病丈夫的辛劳。可以说，读霍达谢维奇的情诗似在翻阅诗人的诗体日记。诗人早期作品的爱情主人公坚信幸福可以争取得到，尽管后期诗作这种音调有所减弱，但诗人从不放弃对爱情的追求。"追求胜于得到"是他至死不渝的信念，因此，他的主人公常常是为爱情而生，人人都具备着很高的爱的品位，追求着　种灵与肉的契合。

从《青春》到《幸福的小屋》，不仅可以寻觅到诗人情感历程，而且还可以追踪到诗人思想与艺术嬗变的轨迹。霍达谢维奇还在上莫斯科寄宿学校三年级的时候，便已与象征派领袖人物勃留索夫有过亲近交往，后者对他文学兴趣的培养无疑起到了一定的积极作用，而真正引导他走上文学道路的除了文学老师申罗科外，还有丹麦诗人托拉·朗格与德国诗人巴赫芒，后两位都成为俄国早期象征主义圈子里的人。所有这一切都为霍达谢维奇与象征派的接近备下了良好的土壤，使他的早期诗作带上了浓重的象征主义气息。在《青春》中，象征派的影响显见其中，其中有对勃留索夫、勃洛克、别雷，以及索洛古博手法的借鉴，这些象征主义者的诗句常常成为霍达谢维奇诗作的题诗，甚至他们本身就是他赋诗的对象。诗人用权威们的声调来强壮自己微弱的声音，来渲吐自己的感情，学着用当时很流行的悲剧性眼光看世界，审视着不知名的此岸与“彼岸”。但诗人一旦破土而出，他就勇敢地走出这颗意欲与大气层隔绝的行星，实践他创作离不开生活的艺术主张。

如果说《青春》弥漫着象征主义的气息，那么，《幸福的小屋》则以普希金的诗句取名“请守护这幸福的小屋，别让它挨不上友善的眼睛”，以表明他将用普希金来抵挡象征派的诱惑。《幸福的小屋》是诗人张扬自己诗歌个性的宣言，即在现代派诗歌甚嚣尘上的 20 世纪初，对 19 世纪初俄罗斯诗歌传统的勇敢继承。在主题诗《致缪斯》中很明显地体现出诗人不失自身特征地诠释了从普希金、巴拉廷斯基到年轻费特的哀歌体诗歌的创作定势：“我重又翻阅忘却的诗页/我重又苏生久违的激越/我眼前重又出现了你/儿时的美妙幻觉…… ”最能使人想起普希金的著名诗句《致凯恩》。《幸福的小屋》开始了霍达谢维奇最伟大也最光荣的使命，即对“平凡世界”的接近，对“小蝴蝶翅膀上花粉”的迷恋，以至于有人说，霍达谢维奇由此开始了对阿克梅派的追随。

1915 到 1919 年期间，诗人经历了好友穆尼的离世，加之疾病的折磨使他痛感人生的无奈，再则还要经受着革命对他的重大考验。

这一切都反映在他 1920 年汇集成的另一部诗集《走种子的路》中。然而，这部诗集的成功之处首先在于将“祖国”这一主题放在首位。在主题诗中，诗人塑造了死而复生的，为了让人类获得更大收成的种子形象。这一首箴言似的两行诗将正面临着可怕的血的考验的伟大国家的道路和必先夭亡，最终是为了再发新枝的人的心灵之路紧紧连接在了一起。

1920 年末，霍达谢维奇前往彼得堡，应高尔基之约，前去合作主编《世界文学》，同时也是听从医生劝告，为健康而换一下环境。在高尔基的帮助下，霍达谢维奇享受到了足以让每一个彼得堡人都羡慕的优待。诗人深感，在彼得堡才有真正的文学，这里有索洛古博、阿赫玛托娃、扎米亚京、库兹明、别雷、古米廖夫、勃洛克，还有可爱的文学青年“谢拉皮翁兄弟”、“带响的贝壳”小组。置身于令人振奋的环境中，经过一个月的修养治疗，霍达谢维奇的创作激情猝然勃发，艺术才华得以最真实、最充分的发挥。他的每一首诗作都堪为经典，他的每一首诗问世都被看作是当时文学界的一个重大事件。诗人的创作有了突破性的进展，以往的诗集都是每隔六年一部，而第四本诗集《沉重的竖琴》距上一本诗集只隔两年。如果说，《走种子的路》以思想寓意见长，那么，《沉重的竖琴》则以诗艺取胜。在《走种子的路》中，诗人新的创作手法得以定型，《沉重的竖琴》更胜一筹，具备了精雕细刻之功力，表现出诗人心理刻画的过人才能。别雷在俄侨杂志《当代札记》中撰写专文予以评论，认为诗人继承了巴拉廷斯基、丘特切夫、普希金的抒情诗传统，文称霍达谢维奇为当代最伟大的俄罗斯诗人之一[1]。《沉重的竖琴》的成功，也为霍达谢维奇与高尔基的文学交往史添写了重要的一页。当时的高尔基正在为作品寻找新的主人公，探求新的叙事分析手法和新的心理分析原则，而霍达谢维奇这位真正的俄罗斯经典文学传统的继承者，以其深入人的内心深处，传达人物极为细腻的心理状态的卓越技巧征服了这位大文豪，以至于作家后来的许多作品，如《一九二二——一九二四年短篇小说集》中的好多篇幅都不同程度地借鉴了霍达谢维奇的艺术手法。高尔基素来对霍达谢维奇的艺术才华格外推崇，读了《沉重的竖琴》他更是赞叹不已："霍达谢维奇写的是全然让人震惊的诗。"

诗集的开篇是《音乐》，而压轴之作是《叙事歌》。开篇之作仿佛是一首田园诗，明媚而又寂静的冬日的早晨，蔚蓝的天空，淡粉色的阳光，体现出诗人当时心态的宁静。但这种短暂的宁静很快为因政治风云变幻而来的不安与忧虑所取代，使其充满了对未来不幸的预感以及诗人为此所经受的心理折磨。诗集的很多篇幅都是对灵魂发出的叩问与呼吁，尾声之作《叙事歌》则是渴望从凡胎的羁绊中得救。

1922 年 6 月 22 日，未等得及《沉重的竖琴》出版（1923 年在德国柏林问世），霍达谢维奇便以出国治病为由逃离俄罗斯。究其实，诗人的逃亡原因有三：一是他不满于当时的新经济政策下的一些举措，公开表白"皇家政权让他反胃和恶心"，给他的未来埋下了

---

① A. 别雷《沉重的竖琴与俄罗斯抒情诗》。《当代札记》。1923 年第 15 期。

祸根，一如别尔别洛娃回忆所说，他即便自己不走，也会被政府驱逐出境。另则，他精神上的益友勃洛克，尤其是古米廖夫的死，使他惊骇与不解，促成了他逃亡国外的念头。而让他逃亡之举真正付诸实现的是新来的爱情，即女诗人别尔别洛娃的情感攻势与欲与他一起逃离国内的恳求。诗人离开俄罗斯的心情是极其矛盾而复杂的，一方面是恨不得即刻与之诀别，永不回头；另一方面则是难舍难离，一步一回首。这种情绪我们可从他到达柏林后写下的《自述》中窥见一斑："我有一本六月期的出国护照，我担心又得请求延期，尽管我特别想重见彼得堡，见到那里的朋友，见一见俄罗斯，见一见让人为之憔悴、极其艰难困苦，但又美丽的，如今正让我时时刻刻梦绕魂牵的我的故园。"1 诗人与女友别尔别洛娃是挤进一辆货车离开俄罗斯的，在车穿过波兰边境时，他极富寓意地给自己的同伴读了他当时还没有修改好的诗歌草稿《"我出生在莫斯科"》，如同面对还没有完美起来的俄罗斯现实。诗中写道：

……

我，俄罗斯的拖油瓶儿子，自己
尚不知对于波兰我算作什么，
但在不多于八卷本的书中，
那里有我全部的祖国。

你们不得不把脖颈伸进牛轭

生活在流亡与思念之中。

我将我的俄罗斯装进

我的旅行袋一同带走。

……

诗中所说的八卷本指的是普希金八卷本文集，被霍达谢维奇看作是俄罗斯祖国的象征。用别尔别洛娃的话说，几乎是穷诗人霍达谢维奇踏上流亡之路而随身携带的唯一财物。这首诗表达了诗人对双重祖国不同诀别的不一样心情，同时也意味着他的双重流亡就此开始。接下来一段的后两行诗堪为出语惊人，素被认为是侨民诗歌的经典名句："我将我的俄罗斯装进/我的行囊一同带走"，在已沦为或正在沦为侨民的诗人中引起极大轰动，在不同国度的俄侨诗人中掀起了一场情感风暴，这句诗被公认为是侨民诗人对祖国俄罗斯复杂情结的高度概括，被当作座右铭与精神支柱到处吟咏传颂。

他们经里加抵达柏林，永恒流浪者的生活从此开始。寻找工作之艰难，经济收入之微薄，常常使得他们近乎到了沿街乞讨的地步，每天都是阴云当空（见诗《夜晚》），这些遭遇与心情无一不描绘在他侨居之初的诗行中："春天的呢喃/难以使紧紧封闭的诗行动情"……这些诗不只是紧紧封闭，而是沸腾着哀伤与刻毒，乃至仇恨，以及人生走到尽头的预感。他不断写信给在留苏联的妻子格伦齐昂，诉说他初沦侨民时的不良心态，坚信自己能够重回俄罗斯，自觉没有对自己的国家干过什么坏事："克里姆林宫知道，我不是敌人。”这些信件不断被刊登在莫斯科、彼得堡的报刊上。

唯一能给诗人带来安慰的是他与高尔基合作创办的《交谈》杂志。这一旨在唤起第一次侨民文学浪潮中的作家和科学家同心戮力于沟通俄罗斯文化与欧洲文化的杂志虽不久便夭折，却为霍达谢维奇与高尔基同居一室的近距离相处与相知提供了一个绝好的机会。世间的事往往就这么奇怪，一向锋芒逼人且毫无怜悯之心的霍达谢维奇偏偏在高尔基面前显得知恩图报，乖顺温和，两人相处甚是融洽；而对别的一些诗人，尤其对马雅可夫斯基，则可谓残酷，连诗人的自杀都未能让他的刻毒有所减弱。高尔基自早欣赏霍达谢维奇的译诗，并由此逐渐认识其无盖的诗歌天才，共同合作过程中霍达谢维奇的诗才表现，更让他觉得眼见为实，激起他的激赏之情。在给友人的一系列信件中高尔基都对其赞不绝口。有一封信这样写道：“近期读了许多从俄罗斯寄来的诗作，可不得不为这些作品的内容单调而震惊，并感到困惑不解：‘莫非他们天才的力量恰恰就在这单调之中？阿赫玛托娃的诗单调，勃洛克同样单调，唯有霍达谢维奇的作品丰富多样，然而这对我来说已是极其了不起，经典诗人，真正的大天才’”。还有一封信说：“霍达谢维奇对于我来说，要不可比拟地高于帕斯杰尔纳克，我敢肯定，帕斯杰尔纳克的才华终究要把他逼到霍达谢维奇所走过的艰难道路上，普希金的路上。”①

随后，1923 年底，俄罗斯侨民从柏林向四处分散，霍达谢维奇与别尔别洛娃先后辗转于布拉格、维也纳、罗马、巴黎、伦敦，另

① 《文学遗产》第七十卷《高尔基与苏联作家》。莫斯科。1963 年第 568 页。

有高尔基寄居的索伦托，于1925年4月落脚巴黎。为了生计，他不得不强压下写诗的愿望，为《白昼报》《最新新闻》等写文学批评及政治性文章，着意迎合报纸的口味。也就在这一年，他与高尔基分道扬镳，缘起于他在《白昼报》上发表有关贝利法斯特[①]的文章，其中有对共产党与新生政权的指责。一度诚笃的友谊猝然夭折，越发加重了诗人的孤傲与心态的恶劣，同时，侨民生活的艰难，颠沛流离的生活现状使得他再也无法安定下来，无法去雕琢像《沉重的竖琴》那样的精品来。尽管他的侨民组诗《欧洲之夜》（1922—1926）反响不俗，但霍达谢维奇仍自觉就心理艺术分析的细腻深刻已无法超越《沉重的竖琴》，从而感到前所未有的创作上的失意。恶劣环境与心情恶劣一经结合，便诞生出源源不断的反苏维埃作品与评论文章（其中不少是对斯大林时代的抨击）。这些泄愤刻毒的作品，反映了诗人的过激情绪，并记录了许多不该说的“真话”，从而彻底地关闭了霍达谢维奇返回祖国的大门。

置身国外，最让他感到痛心的是俄罗斯文学的穷途末路。1926年1月，在写给《白昼报》的文章中，他痛心疾首地指出：“俄罗斯文学不管在那里，还是在这里，都是重病缠身，尽管病的形式各不一样，有时还是两厢对立。在这里，则是脱离了俄罗斯，而在那里，加盖于她的是强制性的故步自封；在这里，语言变得贫乏，而在那里，则是因地方主义而生的语言矫揉造作；在这里，缺乏的是社会

① 地名。源自霍达谢维奇小品作品，写的是贝利法斯特造船厂的事。小品中一边赞赏着具有一级雄厚资本的企业，一边对新生的俄罗斯进行揭露性的谩骂，特别申明在俄罗斯没有劳动的自由。

的共鸣，在那里，文学接受着国家警察的命令和‘蠢人的评判’，这些评判以执政阶层的严厉呵斥形式瞬即传到作家耳中；在这里，过于保守，而在那里，对待新出现的事物一如群蝇逐臭，文学变得无选择接受而又粗俗不堪，换得的要么是愚昧无知，要么就是为一块面包而打斗；这里是疲惫与萎靡，而那里是抽风式的紧张，文学害了热病却又陷身于新经济政策的泥沼里。俄罗斯文学被切一分为二，这两半都感到痛苦，都在受难，只是在这里它不想呻吟——出于高傲（也许这种高傲是虚伪的），而那里的文学甚至是不允许痛苦，两者之间没有什么可相互夸耀的。要算计一下，哪一种文学会更快被憋死，则无必要，也不雅观，就这么的吧。但愿上帝让它们都继续生存。”①

等待他的更大不幸是一个个出版社的失去和由此而来的读者的锐减。不久，《白昼报》主编米柳科夫公开宣称，他们的报纸不欢迎霍达谢维奇。而仅凭给《当代札记》一家撰稿，维持不了最低量的生活，经过若干寻找，才得以与《复兴报》合作。好在《诗集》（1927）的出版，为他在巴黎赢得了在国内未曾赢得的荣誉，但这一切对于诗人那颗枯焦的心无疑是杯水车薪，也是他诗歌生命的回光返照。他惊悟，俄罗斯诗歌在国外已失去赖以生存的土壤，读者和刊登场地的锐减，是俄侨诗歌走向衰竭的致命伤，正如别尔别洛娃所言，大多数侨民诗人的悲剧命运盖源于此。霍达谢维奇这颗诗坛“原子的衰变”无疑意味着俄罗斯第一次侨民文学浪潮步入衰落。

① 《霍达谢维奇》。见《文学问题》杂志。1991年第245页。

1928年起霍达谢维奇已很少写诗，自30年代始霍达谢维奇几乎辍笔诗坛，至死只发表过四五首诗，且诗写得很短，但值得一说的是，在整个流亡期间他没写过一首质量低劣的诗。霍达谢维奇用形象的语言说："我认为，我疾病和绝望的最后一次突发是和普希金的分手。"对他个人来说，诗歌同样是到了穷途末路的境地，而要想写诗，实可谓"知音少，弦断无人听"，他为此痛苦异常，顿足痛呼："在这里我不能够，不能够，不能够生存与写作，在那里，我不能够，不能够，不能够生存与写作。"他在给别尔别洛娃的最后一封信中写道："……的确，我对侨民生活及其'精神领袖们'有着超极限的失望，这一点我已经不再隐瞒。"此时的霍达谢维奇，诗人"生命的钟点已经停止"，他把更多的精力投入评论、历史与回忆录创作，同时还有翻译。但又有谁能想到，这一迫不得已的"转向"却为霍达谢维奇山穷水复的文学命运带来了柳暗花明，有关普希金的若干文论，传记小说《杰尔查文》（1931）、回忆录文集《大坟场》（1939）等一系列散文精品，把"一个绝妙的诗人"（高尔基语）铸就成了"一位真正的俄罗斯散文大师"（维德列语）。

1932年，霍达谢维奇的个人生活再度发生变化，即与第三位妻子别尔别洛娃的友好分手，他们的感情一直很好，正是别尔别洛娃在侨居国外的绝境中给了霍达谢维奇以深爱与理解，这种感情经历在《"几乎无生存与歌吟之必要……"》等诗中可窥见一斑。同时，别尔别洛娃后来为霍达谢维奇文学遗产的开掘与整理，以及研究做出了重要贡献。霍达谢维奇的第四位妻子是位犹太人，后死在希特勒的集中营中。在这位妻子的帮助下，霍达谢维奇完成了大量犹太诗人作品的翻译，并汇集成诗选，使得犹太诗歌的翻译总量仅次于他的波兰译诗。

劳累与心境的不顺，加剧了诗人病情的恶化与生命的终结。1936年6月14日是霍达谢维奇的葬礼日，前来吊唁的人虽不多，但人人都明白，一个光辉的名字从此将永远镌刻于俄罗斯文化的纪念碑。

二

霍达谢维奇的“创作离不开现实生活”的艺术主张决定了特殊的人生际遇造就着诗人特殊的性格与特殊的艺术个性。诗人用受难者与抗争者的双重身份体悟与接受现实世界，却又用扭曲的心态和泄怨的情绪来回应与挑战现实世界。诗，自一入围于霍达谢维奇笔下，就成了“内部世界与外部世界作一了断的场所”，并实践着诗人“用语言的直义来表达外部事件对心灵的直接反映”的诗学原则。于是，不容于世的诗想挤进诗人的诗行，怪异与倔傲的诗风冲撞着诗行。诗，在霍达谢维奇笔下走上了从内容到形式的不谐与锋芒相向，发泄着诗人“恶毒的爱与温柔的恨”。

与普希金一样，霍达谢维奇的诗是一部独特的精神自传，但与和谐的普希金最大的不同是霍达谢维奇的诗歌世界充满了不宁与不谐；普希金道，“在战斗与黑暗深渊的边缘也有喜悦”，霍达谢维奇则说，“怀着一颗难耐的心灵，一个人甘愿冲向无底的深渊”。看似相似的自白却有着毫不相似的心性，在普希金那里，绝处亦可逢生，寻得和谐，充满乐观昂扬；而在霍达谢维奇笔下，则是以不宁之心求问不谐之境，透着无奈与悲观，怨毒与灰心。霍达谢维奇认为，世间的一切都是徒劳无益的，“城堡，王国，真理的法则，都在消逝”，“生命在流失”。由此，死亡的声音自始至终鸣响在霍达谢维奇的诗中，无不寓示着诗人对“痛苦的濒死”（《早晨》）与生命熄灭（《“我将熄灭……”》）的奔往和对生命的绝望认知（《“我走了……”》）。在诗人笔下，地狱无异于天堂，天堂也就是地狱。何为明，何为暗，何为善，何为恶，何为生，何为死，万事同一。死亡也就是生存之路。就这一层意思而言，象征主义素将上帝与魔鬼，基督与比拉多等同的神话有机地融入霍达谢维奇的诗歌土壤。但同时，死，既是生之必然，其过程无不充满不谐与摧残，对于诗人霍达谢维奇说来，对个人生活予以诗的描写主要是展示死的阴影之下的现实痛苦与精神受难，以此撑展出生与死的外在张力。《神圣的爱情》与《戒指》一并告诉人们，无论你步入人生之峰巅还是情感之深渊，死亡之惨早已候在你的身边。生和死的无意义性与悲剧性使他的诗充满了阴冷与怨毒，但同时“人间得生”的企图（《修士》）与为死伸张正义之愿望（《一幕未完成剧本的序言》）给他的诗增添了几分拼争与随之而来的狂躁与不宁。诗人自喻为“若隐若现刺痛人心的电流/从双刃刀锋奔跑而过”（《无题诗》），“一个踩着绳索走在生与死之间的杂技演员”，“一个不明白自己可怕力量的蜘蛛”。霍达谢维奇的这种创作手法，被评论界称为“全然拥有魔力般的技巧”，维德列认为，霍达谢维奇的艺术个性就表现于此，这位学者说，“有的诗人名气比他大，更具诗与语言上的权威，比如勃洛克，但就其技巧与魔力，与其说他是诗人，倒不如说他们是诗人”①。

另外，与普希金一样，霍达谢维奇对奶妈有着生死相依的感情，奶妈的形象几乎伴着霍达谢维奇诗歌创作的始终。在他的第一本诗集《青春》中有三分之二的篇幅是写给奶妈库金娜的，她一会儿幻化成“宁静之神”，抚平诗人因闪电而来的惊恐（《闪电之光》），一会儿是“星”的化身，留给诗人无限的信赖与信念（《星儿》），一会儿变成“恋人”“端庄质朴”的面影，唤起诗人无边的爱意（《情歌》），一会儿被诗人假想成一位负心的女子，离开了她，主人公的出路只能是死（《戒指》）…… 而奶妈对霍达谢维奇更有着无微不至乃至无畏献身的爱，她将他看作加冕的皇上，甘为他而死（《“不是母亲把我喂养大……”》）。霍达谢维奇对奶妈的感情参照着、时而融汇着他对俄罗斯祖国深沉而又复杂的感情，这一点他自认为胜过普希金。他写道，对于普希金来说，缪斯和奶妈是同一实体的两副面孔，而对于他霍达谢维奇，则是又多了一副面孔，那就是祖国，俄罗斯。这首诗开宗明义，坦言他是俄罗斯母亲养育大的。他是爱国的，可令他心凉的是，祖国并不看重了他，这个波兰贵族的后代。不顺心的境遇与他随时随地都爱炫耀与张扬自己的人生个性形成了不可调和的矛盾，但尽管如此，他还是为俄罗斯祖国拨动他那不和谐却又自成一趣的琴弦。他自嘲为“俄罗斯前娘养的儿子”，但这个“拖油瓶”儿子却有着俄罗斯亲生儿子不可能有的复杂的爱的情怀，诗中表达着抒情主人公“我”对祖国母亲爱中恨，恨中爱的复杂感

① 维德列《由远及近的霍达谢维奇》。见诗选《沿着街心花园》。1996 年。莫斯科。第 16 页。

情，这种感情是被俄罗斯母亲捧在手心长大的亲生儿子断难体会得到的，唯有受尽委屈而又渴望爱与被爱的人才会有这种爱着的恨，恨着的爱！道尽了俄罗斯侨民对祖国俄罗斯的复杂感情。

这首诗于 1922 年 3 月 2 日最终完稿，被人们称为“套靴里的诗”。据说，霍达谢维奇前去学者之家领得自己的鲱鱼份粮，而后想到自己将第一次去别尔别洛娃家做客，便决定去市场用这份鲱鱼换一双套靴，慌乱中诗人把套靴买大了，为了跟脚，他将放在口袋里的纸片填充进去，这纸片就是诗人刚刚写完的写给叶莲娜·库金娜的诗。直到 1923 年在柏林，这纸片才在他套靴的袜子里被发现：“这就是俄罗斯，“如雷轰响的强国”/我用双唇急切扯吸着她的乳头/我吮咂出的是令人痛苦的权利/爱你，同时也把你诅咒……①

从套靴里掏出来的诗于“那个春天”在文学小组中争相传阅，竟一下子火爆柏林俄侨圈，让人们读了惊喜交加，生动的血肉丰满的回忆以及独具匠心的表达触动了诗人们内心深处无望的痛苦。爱俄罗斯同时把她诅咒，表达了一代侨民文人的真实心态，唤起了俄罗斯流亡子民的强烈共鸣，然而这“爱”与“诅咒”在他们心里全然不是两种对立与仇恨的情绪，这两者之间的距离被当代研究家安宁斯基比喻为仅仅隔着一张薄纸，一滴泪水就会把它浸湿穿透，达到恨爱两融，这“柔情的恨”立刻也就与“刻毒的爱”相交织，从而构织出霍达谢维奇笔下一首情感奇异的爱国诗，“变成一种含泪的幸福，一种歌唱的幸福，变成语言的音乐，符号的蛛网”。也正是随

---

① 《霍达谢维奇诗集》第一卷。巴黎。1983。271 页

着奶妈库金娜的再度出现，这一切的恨随即冰消，化成充溢温情的爱。在接下来的诗行中，库金娜本身已经不是直义上的奶妈，而是被诗人幻化为俄罗斯母亲这一寓意形象，成为生他养他的俄罗斯人民的替身，俄罗斯文化的象征，诗人精神的乐园，而奶妈对诗人的爱更加素朴而又忘我，甘愿为他献出自己的一切。一位深明大义奋不顾身的俄罗斯女性的光辉形象跃然纸上，如同划破长天的一颗流星。

对奶妈的爱与恋，哀与思在《走种子的路》的主题诗篇中，已延伸为诗人的“寻根”情结。正是奶妈的养育，使他与俄罗斯祖国建立了有机的联系，奶妈的形象使人想起普希金生命中的阿里娜，霍达谢维奇也正如同普希金，通过奶妈才学得俄罗斯文化。《走种子的路》一诗写于 1917 年，诗中，奶妈和俄罗斯经历着同样的命运，她恰恰是在 1917 年俄国革命中死去，她将同俄罗斯一道，经历着死后的再生。

《“不是母亲把我喂养大……”》一诗，塑造了一位品行崇高，用自己的乳汁与心血抚养诗人（乃俄罗斯文化的象征）成长的土拉女性形象。诗的语言与人物形象一样质朴真挚，感人肺腑，堪为霍达谢维奇诗歌的上乘之作。它的许多诗行折射着诗人独特的诗歌创作个性。在这里，“强国”与干瘪的乳头，“吮咂”与“痛苦”，“爱”与“诅咒”等形象或行为相左，凸显着人物心灵深处的冲突与碰撞，将抒情主人公“我”的内心世界和情感波澜准确无误地表现了出来。在这里，概念与修辞的矛盾，互不相干之词语的错配堪为有悖常理，但却又因特殊艺术内容和人物特定心情的需要，而显得合情合理。

不和谐与不对称，乃至反衬与矛盾，构成霍达谢维奇笔下特有的诗学特征，这种特征被当代文学研究家鲍戈莫洛夫称为“矛盾修饰法”，其功效在于以反常来凸显正常，用悖理来强化读者的审美视觉，激发思考，以得情理。霍达谢维奇式的不和谐与不对称通常表现为五种，即诗人借助于形象、物象、词汇、语义与命题上的错位与分裂伸发言而不尽的哲理与诗意，揭示人在特定情态下波澜起伏的心理状态或是阐发一种真理，有时则是确定着整个作品的基调，甚至是左右着作品的结构，同时又丝毫不影响具体用词的准确与形象，由此派生出一种新的意义上的形式与内容的统一，揭示着一种高度的真实。

霍达谢维奇常常将两个意义上毫无关系，甚至是截然相反的诗歌形象糅合在一起，并列排序，如“可怕”与“惋惜”，“裁缝在缝纫，……针脚在开裂”，“木工把房造，……房屋在塌倒”，“既轻松，又沉重”，“沉重的竖琴”，还有“恶毒的快乐”等，“如此温柔的恨与如此恶毒的爱”散发着陀思妥耶夫斯基式的心灵绝叫与怨毒，在《喜欢说……》这首诗中，“蓝天……捆扎”，“带响的丝线”，“傻话”与“奥秘”，“嘹亮”与“低迷”，一连串的形象、物象与语义等的错配，活脱脱再写了果戈理的《狂人日记》，凸显出主人公在不正常的社会际遇中反常错乱，却又合情合理的精神与心理状态。诸如此类的错位搭配，其特征为不只局限于不和谐，不对称，甚至是一种反衬与敌对，貌似构思上的失衡与断裂，实则作者的匠心独具之所在，意在增强诗作的耐读、耐咀嚼功能，浓郁作品的悲剧气氛。用貌似互不相干之形象互为修饰，使人觉得突兀和莫名，但正是在这非常之间牢牢地抓住了读者的视线，独占了读者的想象空间，让读者再解读与再思索出其中的“正常”与哲理。霍达谢维奇的这种“矛盾修饰法”常常弥漫着一种苦涩与悲怆。在诗人笔下，似乎无一个尽善尽美的形象，一个美好形象的出现随即便被诗人所摧毁，诗人写星星，随即说起它的“沉落”，写巨烛，则又写“熄灭”，写“幸福的幻影”，随即又说它“朦胧而又破碎”，“人生”是“骗局”，“窗外是清晨，我心是夜晚”……这种感官上的不对称和心理上的不和谐，透露着诗人对外部世界的独特认知，诗人自身的不顺意决定着他对外部世界的抵触，或是悲观与刻薄的选取与接受。也许正是基于这一类的创作，奥尔洛夫得出了“霍达谢维奇的真正天性是刻薄”的结论，佛明则说他的诗充满了毒辣讽刺，痛苦、哀伤与冷漠。诗人总“不相信尘世的美，从不希冀此处的真”，内心世界对外部世界的排斥与拒绝构成了霍达谢维奇诗歌的主要因素，在诗歌的表面构成一种思想上的不和谐。霍达谢维奇不仅仅将不和谐、不对称所产生的裂变当作一种悲剧，同时也当作“幸福的苦难”去认知，用一位俄罗斯学者的话说，这里鸣响着“光灿灿心灵”的颂歌，“最美好的上帝之源”的颂歌。在这些颂歌里，内容钳制着形式：“最为严酷的故事是爱情”，“不幸的温柔”，用极残酷的泛义真实修饰一个最美丽的具体真实，深化和升华了词句的表情达意功能，浓郁了诗歌总体情调的悲剧气氛。不过，诗人并不总是将形象渲染得苦不堪言，重不胜负，他的形象固然浸透着令人痛苦的阴郁与悲观，但同时形象的整个生命组成却又透露着一种轻灵，“稀释”这杯让人不堪品尝的苦酒，那里面不乏爱，不乏柔情，不乏怜悯，从而抵消着这种阴郁。

殊不知，这种手法造成的客观效果却又是常常违背着作者的主观愿望，到头来换得的是加倍的苦涩。读《吉赛尔》，我们只觉得，怕是什么样的诗人也不会让我们这样去笑，让人在笑中痛楚，笑中怜惜与无奈，却又在笑之余加倍去品咂无尽的苦味。痛苦得死去，固然是一桩悲剧，而主人公连死的权利都已被剥夺，死后还得屈服于外在权利的需要，那更是撼动天地的人生惨局：

是的，是的！在盲目温柔的情欲中
经受许多痛苦，经受诸多煎熬，
将心撕成碎片，如同撕碎一封信，
先是发疯，而后死掉。

结果又能怎样？不得不
将头顶的墓石重又移开，
在月青色的舞台
重又蹬着纤足去爱。

一切不和谐的根源应该在诗人对世界的领悟与重塑世界的方法相汇合的地方去寻找。霍达谢维奇是一位对现实世界敏感，主观情绪浓厚的诗人，世界在他眼中很容易变成诗，这诗又是他对世界的主观的、极富个性的认知。这种认知蕴涵着诗人的应事态度，同时也是他笔下反常形象滋生的根源；对现实的直接态度并不束缚着诗的魔法般的力量，由此派生出非同寻常的诗歌程式。他认为，“艺术作品是对世界的改变，是重塑世界的企图，是对现象中隐蔽着的本质的探明。……艺术家遵循的是从生活中提取形象的原则，存益除弊，将现象进行重新排列，在新的视角下予以展示”①。显而易见，霍达谢维奇心目中的艺术并非对现实生活的忠实再现，而是糅进主观情感的精细表现，诗人创造的是既不同于现实客观世界，也不全然等同于诗人本人主观世界的“第三世界”，在这个世界里，主观侵犯着客观，主观扭曲与重塑着客观，诗在一定情况下成了诗人因外部世界而来，从内心世界而出的不良情绪的传感器，霍达谢维奇串接起的不是诗与现实，而是诗与诗人之间的关系，着意借助于诗精细表现自己的情感世界。

佛明认为，霍达谢维奇的“矛盾修饰法”有着莱蒙托夫式的直白与宣泄，拜伦式的对人生做出警句式的概括，它是霍达谢维奇将传统予以个性化吸收的明证。这种修饰法远非局限于选词择义，它融灌于诗作的主题的不和谐，并由此而来的结构的不对称，亦曰失衡，它导致主题与文体的严重分歧，这种分歧似乎成了霍达谢维奇的一种创作公式。有一首无题诗，开头可谓气势宏大：“星星在燃烧，太空在颤抖……”——整个世界似乎就要拔地而起！人生的经营可谓惊天动地，而结尾，只落位到“有如一个幼小的孩童/将积木搭成的城堡拆除”。这种虎头蛇尾，头重脚轻的结构方式确实是非常的不和谐，不对称，但却将人生的失意与落寞错落得撼动人心，将付出与得到断难对等的无情人生渲染得痛心彻骨。《神圣的爱情》这

① 霍达谢维奇。转引自尤什凯维奇《身后的作品》第50页。巴黎。1927年。

首诗有着同样的不谐与失衡。开头是大喜大庆，诗中主人公“我”正做好全身心的准备，乐得像个颠僧，迎接着节庆般的爱情到来，而诗至终结时，“我”才“明白自己不过是具死尸/而你（少女——作者注），也不过是我坟前的碑石”，寓意着再隆重的爱的盛典也只不过是过眼烟云，无异于爱的葬礼，饱含着对第一桩婚姻的伤悼与至极的失望。通观全诗，真不知该称其为爱的赞歌还是爱的哀歌，或曰全是，或曰全非，抑或一首哲理诗，或警世诗。另有一首诗，被人称为这种矛盾修饰法的“神经枢纽”之作。这首诗就是《丽达》。它以逗笑式的句子开头：“她不知道高尚的语言为何物/却长着白皙高耸的双乳……”然而，诗到结尾处，却全然是让人笑不起来的另一种音调。卖身女子的形象直接而又巧妙地对人们进行着道德说教和宗教式的劝谕，借助于作者注释性的语言，这一形象被抬升到一个意想不到的高度：“……她在遥远处走过/勉强听得见，几乎闪着光/如同一个堕落的天使/任意将身子交付”。将一个本是清纯的风尘女子藏在文字之外的屈辱、辛酸与无奈刻画得入木三分，伦理上的不雅和雅观的审美价值竞相呈现，达到了拜伦式的“用庄重的讥笑笑掉了庄重的宗教”的思想与美学效果，且诗中用词直白却藏有深刻，其中的“几乎”一词被维德列称为“辉煌与素朴”。

霍达谢维奇写过这样一首情节完整、具有自传色彩的诗，说的是诗人对众人赞美的“布伦塔河”充满向往而急急奔去，然而诗人目睹的却是泛着混浊水流的“红褐色小河”，一个“虚假的美的形象”，不禁悔愧交集，于是诗人以《布伦塔》为题，写下自己的期待与失望，诗的末尾，则是见证诗人美学理想与创作追求的著名诗句：

“布伦塔，从那个时候起/我就爱孤身一人的浪迹/穿着防水布制作的雨衣/在稠密的雨中胡诌着诗/任雨水将嶙峋双肩敲击/布伦塔，从那个时候起/我爱生活与诗的平淡无奇”。这一经历使诗人明白，那种道听途说的美，那些华而不实的虚幻只能使真正的美与诗消失殆尽。美不在人们升腾的联想之中，而是在平淡无奇中，从平淡无奇中升腾起来的美才是最高境界的美。戈列洛娃在她的博士论文中将这首运用散文式语句写成的诗和另一首无题诗中的诗句“我觉得在这生命里头/那沿着皮肤而过的颤抖/抑或惊吓出来的冰凉汗水——/比起一切和谐的美更为珍贵”相对比，明确指出这两首诗均属于杰尔查文体诗，和杰尔查文的《敛钱匣》和《致普拉米达》有着异曲同工之处。这位学者认为，类似诗篇中散文语句的运用降低了诗歌本身的崇高性，使得诗的假定与含蓄袒露无遗。究其实，霍达谢维奇对杰尔查文继承的既有诗的散文语句，还有诗的韵律，更有杰尔查文诗歌理念与美学信仰，即将平淡无奇的现实生活及其场景与事件引进诗歌。杰尔查文认为，语言的艺术首先是写生活细节的艺术。在他的诗中，人的衣食住行，头疼脑热，乃至市民街头聚赌赖账等都成为他所描写的对象。在这位古典主义诗人看来，诗可以歌颂的不仅仅是女皇，忠臣，上帝，还可以描写平民，描写日常生活的平凡，同时将艺术想象的潮水灌注于他极为淳朴的生活细节的描写。在人生告别之作《天鹅》一诗中，杰尔查文预见到死后他的诗歌功绩将变得更加醒目，他的艺术成就更加弥足珍贵，但这种高傲的意识并非升华为贺拉斯颂诗中的辉煌的思想，而是聚现于一种平实的，可感可触的艺术形象。60 岁的老人杰尔查文以素常与平庸反衬崇高与俊美，自喻道："超脱这凡俗的世界，携着一颗永生的心灵和诗作，如同天鹅向高空飞翔。"这首诗被誉为诗人真正的"纪念碑"之作，原因在于这首诗比起他的诗歌仿作《纪念碑》（仿贺拉斯）更具艺术生命力，对自身的文学命运做了极具个性的艺术总结，同时诗人以淡泊而明志，开了俄罗斯诗史中将平淡引入颂诗的一代新风。尽管霍达谢维奇步普希金之后，对杰尔查文的《纪念碑》作了模仿，抒发了他的豪壮情怀，但就总体而言，霍达谢维笔下的"天鹅"因素远远多于"纪念碑"，在侨民诗歌中竖起了一座杰尔查文式的纪念碑。在他的诗行里，我们常常见到火柴盒，缝纫机、小木房、电线杆、蝙蝠、蜘蛛等，但这些景物绝不是一堆简单的死物，而是孕育着诗人的艺术构想。如果说在杰尔查文笔下，这些庸俗之物与日常生活作为客观存在而反衬崇高与神圣，那么在霍达谢维奇笔下则是诗人诗意升华的备料，是迈向艺术理想之境的起点，继而过渡为景物或风景的诗意描写。就此而言，诗人不自觉地走向了茹科夫斯基与普希金，即从平庸中挖掘诗意。在霍达谢维奇的诗页中，一盏孤星（《星儿》），一只燕子（《燕子》），一枕房脊（《黄昏断想》），一颗籽粒（《走种子的路》），任何一种看上去平淡无奇的东西，一经霍达谢维奇吟哦，便爆出粲然诗意。但霍达谢维奇比先辈们更进一步，他赋予小景物以大含义，在他的笔下，每一景，每一物，鲜活于不尽的哲理与寓意之中，蕴涵着丰富而深刻的伦理内容。

《瓶塞儿》这首诗曾以其语言的精炼让安德烈·别雷欣喜若狂，说这首诗有着"不着一字，尽得风流的高深语言造诣"，还说霍达谢维奇诗歌中的每一个单词，如同落入阿基米德澡堂，被蒸发掉所有多余的水分，于是声音的比重变得全然的精确……“霍达谢维奇的诗结实得像块石头，里面没有一滴水气……”维舍斯拉夫采夫则称霍达谢维奇这首诗美妙无比。但《瓶塞儿》这首诗更深层次的美在于以最平凡的形象揭示最不平凡的哲理，寓意在苏维埃强权思想的挟制下人的个性的蚀毁与丧失。

《雨》是一首爱情诗。一场司空见惯的疾雨不光从房顶上“抛掷下银子般水流”，更荡涤着男主人公的情感浮尘，将男主人公对雨中奔向新的情感归宿的昔日女友隔窗眺望时的心态，描绘得一如越下越大的雨那般释然畅快。诗中每一段都以“我高兴……”起兴，伴着越下越大的雨渐进展现男主人公的情感流程；《雨》，更准确些说，是一首爱情绝交诗，但却将男女主人公博大的心胸和境界渲染得高洁大气，别样却又高超地演绎了普希金的爱情杰作《我曾经爱过你》。

正如波格莫洛夫研究发现，类似的对“生活与诗的平淡无奇”着了魔的迷恋赋予了霍达谢维奇1914—1920年间写下的诗一种特殊的色调。诚然，霍达谢维奇毕生都在探索爱情、死亡、时间、生活与命运等“崇高”与重大的主题，但诗人没有将其架空或虚妄，而是置其于平淡与无奇中，借助生活中随处可见可感的日常具体形象来揭示，却又“避开人为的升华”，使其在“最平常和最低级的环境中得以发展”①，从而构成了诗人崇高与低俗的碰撞，这种碰撞使得《走种子的路》一诗变得极富诗意的昂扬。在这首诗中，诗人借助于白描似的诗句与无韵抑扬体诗行，通过再平常不过的粗俗的农活，

① 霍达谢维奇《摇晃的三脚架》。北京。东方出版社。2000年。

赋予从庄稼汉人手里飞身落入土壤的普通种子极不普通的生命意义，赋予诗中的平淡无奇以魔力般的诗意与象征，哲理与寓意。霍达谢维奇的这种手法，被评论界称为“全然拥有魔力般的技巧”。

霍达谢维奇对平淡无奇的驻足与自然主义无关。诗人笔下的每一平淡之物的出现绝不是生活的机械推出或拷贝，每一日常景物一经启动，诗人的诗怀与感想就已俏自着床，从而诞生出具有主观与客观双重基因的诗的产儿，只是诗人有意识淡化或隐蔽自己的个人情绪，刻意营造一种“崇高走向日常，庄重走向可笑”的落差、张力与错位，留待诗本与读者联想的接力“升腾”。正如同波格莫洛夫所诠释，霍达谢维奇将诗想托付于平淡，是诗人有意地、“公然地降低那些升腾的联想”，从而使得“现实之物”和最为现实的东西相互渗透，这种升腾与降低，升华与现实，这种“互为渗透”的现实主义象征主义的本质在霍达谢维奇的笔下表现得最为显见。诗人力求“崇高穿过平凡”（列文语），用诗人自己的话说，“让诗穿过平淡无奇，让每一行诗句脱臼”，让诗走下神坛，走向普通，让现实与更现实冲淡诗情，从而确保浸透着现实与平常的诗情。那些因兀自的幻想和无现实基础而升腾的联想只能平添内心的空虚。在霍达谢维奇看来，艺术家首先是一个普通人，而后才是艺术家的敏锐听觉与易感心灵；诗人应努力沉下心来，倾听大地深处的声音。他说道：“在创作的最后时刻，诗人首先要将自己作为普通人来评判，因为只有通过其‘普通人’的感想才能创作出诗歌”，只有置身于“最平常和最低级的环境”，才能透过朽物听得见其中内含的搏动，这一全然另类的生命。在《“几乎无生存与歌吟之必要……”》这首无题诗中，诗人通过裁缝、房屋等现实形象为基础，将现实之物降低到生活抑或生命的最底层——朽物，任凭读者的联想决堤而出，从而品咂出诗人初沦侨民的落寞与艰辛以及人生的虚妄，倾听现实深处的人间真情以及感受患难与共的爱情的珍贵。

霍达谢维奇笔下鲜活着千姿百态的小生灵。读霍达谢维奇的诗，我们不难感觉到，每一个生灵都得以人格化与人性化，承载与寄托着作为“普通人”霍达谢维奇的思想感情。在飞燕（《燕子》）落在窗前的喃喃细言中，诗人清楚地感觉到身边别样的世界和他那副挤压在尘世外壳中的灵魂……猴子（《猴子》）这个“充满着真正的诗，灵性与威严的野生之物”在这首诗中体现着古印度生灵同一，甘苦与共的思想。诗人以一只可怜的流浪猴的眼光解读出一切生灵这一神秘的种属关系，并对这一灵长类动物寄予深深的理解与同情，而扑面飞出的鸽子（《鸽子》）带给他的是一丝情感的清新与亲切。

如同种子形象近乎贯穿诗人创作始终，耗子则是霍达谢维奇笔下最为活跃的美学因素和最为常见的动物形象之一，忠实传达着诗人在不同心境与情境中形与神的互为关系。诗人一生写过许多有关耗子的诗和诗行，以至于诗人本人被同时代人戏称为诗坛的耗子，诗人则宣称：“只有耗子才不会欺骗/疲惫不堪的人心。”他爱耗子，在战争的刀光剑影中唯独耗子的地窟充满和平，在外界的喧嚣中唯有耗子的小屋充满宁静，在人生的疲惫中唯有耗子能给他安慰与馨宁，在命运多舛中唯有耗子对他忠贞不贰。组诗《耗子们》因构思的精巧，形象的逼真，爱国情绪热烈，霍达谢维奇被批评家奥尔洛夫称作“从地底下钻出来的小巴拉丁斯基”。组诗中，还有《耗子诗抄》中，诗人称耗子为“我的安慰”，“我的夜晚”，“我的天堂”，“我亲爱的朋友”，“我永久的兄弟”。在世界诗歌史上怕是再没有一位诗人像霍达谢维奇那样充满爱心柔情，把一只灰不溜秋的，素让人毛骨悚然的不雅之物耗子写得情深意浓，乖巧可亲。在《耗子》这首诗中，我们分明看到一只耗子全然住进了诗人的心中，并已为诗人备下了“小牙的锋利尖锐”。诗人像对待儿子，对待女友，对待妻子，对待整体意义上的人，对一只弱小的耗子予以丰富复杂却又无微不至的爱与理解，把人对兽的感情写得沁心浸骨，柔肠缱绻。

霍达谢维奇将高级穿过低级，着意生活与诗的平淡无奇，无疑是对俄罗斯诗歌艺术手法宝库的一大贡献。霍达谢维奇的诗集中而又典型地体现出俄罗斯人的心底与品格，即对渺小生灵有一种与生俱来的同情与怜爱，诗中所体现的人与动物的亲情关系，是对俄罗斯人民精神世界的真实展示，是对自然生命的珍视与关爱，是人与自然平等互爱的呼吁。

霍达谢维奇的独特诗歌个性使得文学界至今很难将他规划为哪个流派。霍达谢维奇对传统文学的忠实继承堪为众人所知，但他并不视传统为刻板的公式，而是变为自己的创作手段；他从不用传统来局限自己，而只是承认它的无限性，从而融合进自己的主观情感，以丰富与完善自己的创作个性。威尔伦、波德莱尔都曾对他产生过影响，但霍达谢维奇的用笔工细，尤其是对人的心理刻画的高度精确堪为后来居上。他的创作汲取了20世纪初现代派诗人的语言创新与个性张扬，却又坚守自己的创作个性而不轻易入伍于任何一个派别。他早年曾追随过俄国的象征主义，但并没有成为其真正信徒；

同时，在他刚踏上诗坛时，按年龄，按志趣，按风格他这时候很容易与阿克梅派走近，但霍达谢维奇同样不赞同他们对“现实世界”的理解。就此，不妨认定，阿克梅派的现实世界是主观情绪的内敛，而霍达谢维奇的现实世界则是自身情感的外投，即将主观感情色彩挥洒向外部世界。综观霍达谢维奇的整个诗歌创作，用安宁斯基的话说，他既不赞同勃洛克式的朦胧渴望，也不赞同古米廖夫帝王式的强硬，既不赞同对木头天堂克柳耶夫式的痴情信仰，也不赞同叶赛宁对神圣的苏维埃“罗斯”的满腔信念。他用他的诗作表明，他既不拥护赫列勃里科夫流星式的乌托邦，也不拥护马雅可夫斯基社会主义式的乌托邦，更不屑于谢维里亚宁透着花香的青春派。别尔别洛娃说得非常肯定：“霍达谢维奇全然是另一种认人，甚至他的俄语也与众不同。”[①] 霍达谢维奇全然来自新的时代，这个新时代就是“未来的日子的灰冷与阴暗”。他后来曾自嘲说：“我和茨维塔耶娃靠不上任何流派，也与任何人都沾不上边，永远都是孤独的，‘古怪’的。…… 别人搞文学分类和文选编纂时总也不知道该把我们放置何处。”[②] 究其实，霍达谢维奇追求的是传统的现代化，现代的传统化。他力求诗句的古典的明畅，语言的纯正，且具活力，另有思想表达的精确。在他的诗歌中体现出两个世纪最优秀传统的完美结合。

如同很难将霍达谢维奇规划为哪一个诗歌流派，诗人的艺术个性同样难以一言以蔽之。苦涩灰暗，忧郁悲苦，却又不乏甜美清丽，

---

① 《文学问题》。1988 年第九期 208 页。

② 安宁斯基《弗・霍达谢维奇：如此柔情的恨与如此温柔的爱》。见书《白银与黑银》。莫斯科。1996 年 87 页。

乐观昂扬；冷漠刻毒，却也不乏仁爱怜悯。他写即景咏物诗、爱情诗、哀诗、讽刺诗尤为擅长，但哲理诗或警世诗却更气度非凡。诗人的身世、心情、心性与才华合力孕育而成的诗篇并非总是相互对应与协调，这无疑构成了霍达谢维奇诗歌创作的又一个性。在一首《无题》中，他写道：

我不知道还有更惨烈的痛苦——
比起从不知痛苦为何物。
只有在最恶劣的苦痛中才有更新，
只有至极的黑暗里才有星儿闪烁。

假如总是一味舒心愉悦，
假如每天都有鲜花朵朵，
我们则对变故一无所知，
我们对憧憬甜蜜毫不懂得。

假如我们总是有求必得，
我们则不晓愿望的快乐，
我不知道还有更惨烈的痛苦——
比起从不知痛苦为何物。

在这首诗里，诗人着意营造词语或句式的反复，假定与否定，对比与对应，烘托与反衬，突出了诗歌对举的结构方式，造成一种回环往复，意蕴无穷的诗学效果。在这首诗里，诗人将人生与精神个性划为两极，分别用苦难与幸福作为反差强烈的背景而拼接，以反衬出与背景迥异之别的积极进取，不畏艰难的人生态度。这应该算作诗人自勉自励的诗章，是诗人为自己劳伤心灵精心熬制的一钵鸡汤，更是他对走出绝境的憧憬与真情渴盼。这类诗作在霍达谢维奇的诗歌创作中并不鲜见（《纪念碑》、《寻我来吧》等，以及若干无题诗），在霍达谢维奇的艺术世界中同样占有不可忽视的地位，它们无疑为霍达谢维奇的“灰冷与阴暗”注入一束温暖的阳光。

霍达谢维奇生前是不幸的，而今天却是幸运的。他的诸多作品生前因政治高压或作者本人的政治态度而不能面世，但自 20 世纪 60 年代起，他的部分诗作已经比侨民文学超前“回归”，尽管他的诗选只能作为“地下出版物”而流传。1986 年的“改革”，使他的所有作品在俄罗斯陆续得见天日。他的诗作虽然不多，但依旧构成了俄罗斯文学的“牢固一环”（《纪念碑》）。诗人霍达谢维奇的名字早已被写进莫斯科大学等院校的教学大纲，他的不同时段、不同体裁的作品都受到学位命题研究。如今，霍达谢维奇的研究已经走向了全世界。2011 年。俄罗斯学者瓦列利·舒宾斯基写出了俄罗斯第一部霍达谢维奇生平研究专著《霍达谢维奇：期盼者与言说者》，该书由莫斯科“青年近卫军”出版社列入“名人传记”系列丛书出版。据这位学者介绍，全世界目前有四本霍达谢维奇研究专著，分别于美国、法国、德国、俄罗斯。可以说，霍达谢维奇的创作已经不单单是一种文学现象，而被诸多研究家视为一个时代。霍达谢维奇的崇拜者与研究家维德列早在 20 世纪 60 年代初就已预感道：霍达谢维奇，“他的时代已经到来”，这一预言，穿过半个多世纪的时空隧道，今天，终于赢得了全方位的证实。

本诗选翻译过程中得到诸多俄罗斯学者与朋友，除了舒宾斯基，还有沙库拉、斯科利亚连科的热诚鼓励和帮助，在此表示诚挚谢意；感谢汪剑钊教授将该诗选列入“金色俄罗斯”丛书，当然，更应该感谢的是四川人民出版社，正因为有了他们的信任与支持，才有了摆在读者面前的我国第一本霍达谢维奇诗选。

译者

2017年12月25日于北外东院

目　录
Contents

“我将熄灭……”

我将熄灭……我将熄灭……
万念已成灰烬……我行将死去。
此刻我的辛劳已是徒然，
路迢迢远兮，任魂兮归去。

　　天幕低垂，恶风肆虐，
　　芳草枯靡，愁雾跌落；
幸福的幻影朦胧而又破碎，
人生——一场令人困顿的骗局。

你安留此处，别随我而去
阴雾浓处乃我归宿，
前程未卜而又遥遥无期……
听凭黑暗将我吞没。

1904 年 10 月 30 日

黄昏断想

白雪皑皑的黄昏，远处一片迷蒙，
房脊像无数把梳子在雪中飞奔。
落日的色彩粉红得出奇，
在穹隆浮腾。

静，如此地静，甜蜜，惆怅，
火苗串出窗棂张望……
钟声悠鸣格外静穆……
我哭泣，人们孤独……

永远孤独，伴着无尽的痛苦，
就这般，像我，也像那一个，
自慰中正借助忧郁声响，
在那里，断墙外，他正吟唱。

1904 年 11 月 5 日

“我抓起烟雾腾腾的火炬……”

我抓起烟雾腾腾的火炬，
漫无目的地奔跑在市区，
我身后无声洒落
火星汇聚的光柱。

我的身影闪烁过昏暗的广场，
脚步敲击在灰色的石板上，
向着远方的路灯跑步向前，
身披熠熠闪闪连绵水波的反光。

于是我将喑哑的静谧击碎，
风的呼哨在我耳畔猛吹，
你，黑色的都市，死一般沉睡，
而我于最后一个夜晚鲜活陶醉。

我所向之处，是你的边界之外，

向着空旷的田野，还有枯草的衰败，
在那里，血腥月色的反光下，
烟雾沉沉的空气说不出话来。

我让河水的平静涌起波动，
起跑跳入岑寂的河流深处，
我头上的波涛合拢在一起，
一股股水流激灭我的火炬。

我的火炬静静地漂浮而起，
它冷却、发黑，化作焦灰……
波浪将它冲到地面，
白色的泡沫将它洗涤……

1904年11月7日

舞　会

在光滑的镶木地板舞步，
将香水的虚假气味吸入，
我将“她”寻觅。那一位？还是这一个？
不清楚。我想，是鲜花的馥郁！

寻的是她。想的是情欲。
不必要的温柔。花样百出。
也许有期待的痛苦？
我自己不清楚，那是梦之所处。

所有人都很亲近，我这般疲惫。
他们那么平易可亲。我感到很累。
我的愿望可谓低微？
不知道，听凭他去，因这是舞会。

1904 年 11 月 9 日

秋日黄昏

浓雾头戴清冷而乳白的纱巾
飘落向都市……
沉默的欺骗来临
依着遥远而别样的顺次……

街道的峡谷多么的深邃！
两旁墙壁像是紧密相依，
黑暗里——跟着烟火奔跑的
是一行行黑黢黢的人迹。

火被鲜血镀红，
眨巴着仿佛是谁的眼睛！
……我囚禁在此……有恨，有爱。
天堂永远地远逝。

1904年12月2日

致星星

任城墙陡峭，宝塔修长，
还有那灯火绚烂辉煌；
任战争的血河恣意流淌，
任我们的岁月变数无常。

任城市沸腾、一片叮当、
地动山摇、如雷轰响，
任时光的河流不停拍溅——
星星，我们需要你发热发光！

请对我原谅，别样原理的光芒，
各种亘古不变因素的闪亮，
我如此鲁莽轻狂地将你遗忘，
甚至当我陷身严酷斗争的汪洋。

1904年12月15日
彼得堡

“我不知道……”

我不知道还有更惨烈的痛苦——
比起从不知痛苦为何物。
只有在最恶劣的苦痛中才有更新，
只有至极的黑暗里才有星儿闪烁。

假如总是一味舒心愉悦，
假如每天都有鲜花朵朵，
我们则对变故一无所知，
我们对憧憬甜蜜毫不懂得。

假如我们总是有求必得，
我们则不晓愿望的快乐，
我不知道还有更惨烈的痛苦——
比起从不知痛苦为何物。

1905 年 1 月 14 日

“重又是……”

重又是温柔的嗓音，
重又是宁静，
于是白雪覆盖的平川
铺展在窗户玻璃外边。

挂钟的滴答这般均匀，
诗歌的拍溅此等韵整。
于是，幸福重又真实，
于是，罪孽不再来临。

我抛却罪孽：我门也不出——
回头的路没有向我招手。
此处的一切我心灵熟知……
我柔情而又阴郁地喜乐。

我的幻想朦胧不清，

我只是静静地穿戴一新……

落日在雪的白布尸衣

四撒出漫天玫瑰。

1905 年 2 月 8 日

隐　士

为尘世苦苦地思索，
还有失却的天国。
面对一张黝黑的面孔，
三支蜡烛怯叙着别样的题目。

暴风雪凄厉的怒号
为病者惊慌地哀泣，
枕着小屋无言的寂静，
沉睡，只至遥遥无期。

在镶有栅栏的窗外，
一片杉林被雪盖住。
就连我，一个隐士
也在祈祷人间得救。

1905 年 4 月 29 日

“我走了……”

我走了，带走心头的凄冷，
最后一滴泪珠已经自干；
室门紧闭，恶风嘶吼，
无星的夜空直面人间。

我走了，去游历宁静的疆土，
我知道，在这条路上我将头也不回，
人生已成最后的欺骗，
再无留恋之处，我将永世不归。

1905 年 5 月 23 日

“只有夜晚……”

只有夜晚才显得温柔
使我清醒同时又亲切……
在月儿光晕的映照下，
偎依兹别日诺湖喃喃诉说。

在缓缓溶化的光条，
还有雾带的熠熠银亮，
仿佛是湛蓝大洋
宁静的波光在流淌……

只有夜晚才显得柔媚，
沉重的心才那么亲切入微……
如同兹别日诺湖，
将月儿光晕的秘密倾吐……

1905年9月10日

“我独立于河流拐弯处……”

我一人，独自在河流拐弯处，
面对着结队迟归的仙鹤，
今天我重又学会
田野那沉默不语的智谋。

思想变得更加隐秘、严肃，
那芦苇怯怯地发出声响簌簌。
愁眉不展的河流将落叶
下葬于沙土筑成的坟墓。

1906 年 11 月 16 日
利基诺

1906年12月4—7日
莫斯科

冬　天

白昼泛着寒冷的灿灿金光，
给大地撒下一张张细密的网，
有人正在把红铜煅冶熔炼，
在升腾着紫红色云雾的远方。

是谁用金箔叶子
包裹了教堂顶上的十字架与房脊？
微风轻轻驱使
遥远的烟气向高处旋起……

我们朝向瓦灰色烟圈看去！
世界正病痛于明亮的悲楚……
一排透明的钟楼
在湛蓝的天空凝固。

1906年12月4—7日
莫斯科

蓝色的夜晚

夜晚窗户散发着珍珠的光亮
冷凝、纹丝不动地伏在地板上，
向人们投掷多余的辉煌，
并在人的心底扎进针尖麦芒。

我们被围在庞大的人群中
像一面面墙——层层叠叠。
疲惫的爱情全部重又倾注于
某种躲避不过去的眼神，
刺人的钩子和看不见的毒物。

言语、发誓，还有拥抱
合拢出的是何等拥挤的环形物，
就连仇恨的手手相握
手指是多么的痛苦，痛楚！

但是不，我们不去打破沉默，
为了把你，还有我的命运诅咒，
唯有沉默，牙关紧锁，绞杀
重又悄悄走向两颗心灵的
爱情，这一夜晚的蛇兽。

1907 年初

“风雪在窗外呼啸……”

风雪在窗外拉奏古多克琴，
雪花旋即舞上台阶。
百无聊赖的我
在玩一枚婚戒。

一只老猫爬上椅子，
弓着脊背一声不吱。
屋外风雪闭着眼睛在刮
冰杖不停地将门窗敲打。

冬夜，歇斯底里的病妇！
我害怕朝你们的双眼看去……
小熊，我毛茸茸的儿子，
把头一直低到胸脯。

1907 年 2 月 9 日

闪电之光

无声的闪电猝然划破天空，
如同受惊的小鸟俯瞰大地，
我悄然而又无言地
亲吻着“静”的双臂。

当银色的翅膀
扑进眼睑，拂上面庞，
绿色的圆圈骤然跃起
盘旋在光彩夺目的树林上——

我想起，有人许诺我——
在最后一个晴和的时辰，
天空划出道道火样的裂缝，
丁香花也被映得透红。

只以为，心被闪电灼伤

疼痛正消散，过失已消匿，

更加恭顺，更加无言

亲吻着“静”的双臂。

1907 年 2 月 20 日

“喜欢说……”

喜欢说，
不着边际的傻话。
蓝天，
请用带响的丝线将我捆扎。

冲破一切桎梏和囚禁
是那尚欠准确的字行，
请将每一个词句
渗入夜晚神秘的诗章。

您的话让人痛苦难忍，
如同扎向十字架的铁钉。
夜晚小草对我窃窃絮语，
话语温存而又睡意浓浓。

挣脱一切束缚

净化着不变的诗韵。

平服陈年痼疾

伴着阴郁恬淡的歌吟。

蓝天在自由地歌唱，

歌声嘹亮而又低迷，

不着边际的傻话哟

酝酿着人生的奥秘。

1907年4月30日至5月22日

夜　晚

——写给谢尔盖·克列切托夫

看家的狗儿压低声音在吼叫。
今天，就在昨天的那个地方，
聚集着贫穷游牧民的顽劣孩童，
我们温暖着双手围聚在篝火旁。

空旷夜晚没精打采的瞌睡虫
粗野地看着，而又蹙紧眉头。
火光盘旋，发着声响、打着呼哨，
将烟雾扯成一块块暗红色的棉絮。

荒原沉默无语。远处人声阒无
刺骨的寒风驱赶着灰土——
于是我们歌中愤恨的寂寞
痛苦地将双唇拧得弯曲……

看家的狗儿压低声音在吼叫。

1907年5月7日

利基诺

“春寒料峭的夜晚……”

春寒料峭的夜晚
凝滞于无边墨色的寂寥。
散落的针叶林，
瞬间鼓出细密的芽苗。

路基、轨道、枕木，
铁路拐弯的地方……
大彻大悟却又身心疲惫的我，
再不为上帝枉费心肠。

春风满目我踏上小桥，
缅怀着旧事，憧憬着美好……
火车轰鸣着，颠簸着，
用风，用汽，为我洗澡。

1907年5月21—22日

Passivum[①]

一块块阶石落满枝叶……
失去光亮的草地齐刷刷倾斜……
白昼被漫无边际的风抛向深谷，
它飞身而去，就像一枚秋天的树叶。

就这般，仅凭一条线，一根细细的茎，
它就这么轻而易举地加挂上生命！
在我的灵魂火焰被燃起，
它不会熄灭，不会犹疑不定。

1907 年 5 月 27 日

① 拉丁语，被动体，转义为《痛苦的代价》。

“蒲公英的金色风衣……”

蒲公英的金色风衣
在绿宝石色的草地！
你让一位旧时骑士
想起隐秘而劳苦的功绩。

淡蓝的，勿忘我草色的风衣，
有人将你与凌晨的云霞期许！
你对出嫁的公主窃窃私语
大海那边的有爱与生命一族！
……

1907 年 5 月 28 日
利基诺

星　儿

拱出地面，跃上天幕，
池面上画下你弓状的行图！
池水瞬间成了碎片，
留下一抹浓浓的祖母绿。

你是一支高擎的巨烛，
亲吻苍穹的是你温柔的烛炷，
倚着一柄弓形的绿剑
将泛起的水圈驱逐。

你，自由女神！
唯有欲念才铸就致命的枷锁！
若是你闪过沉沦的念头，
还有谁能将你撑托？

只有那即逝的水纹

猝发诀别的痛苦。

此时此刻我是否能够

低语尽我心中的希求?

1907年5月29日

“不， 青春……”

不，青春，你曾是忠诚待我，
你不说谎、不阿谀、不装样，
你于神秘的夜晚将我带进墓穴
并将我放置在黑暗的窗户旁。

将我们托起的是沉重的波浪，
我们被摇晃在黑暗的陷坑旁，
我说不出话来，你面色苍白，
你被击倒直挺挺呻吟在地上。

我早先的恐惧被冲上窗户，
回眸整个一生都心有余悸……
我见到了人脸，听见叫名字——
我仓皇逃窜，不愿弄明和相信所发生的事。

1907 年 6 月 19 日
利基诺

“当大地备受折磨的时候……”

请向他求得创作和爱。

——果戈理

当大地备受折磨的时候
背负它们[①]毫无生气的颂歌，
上帝将从旷寥的天空
为我遮上如烟的云朵。

当飓风平息下来的时候
当土的火焰熄灭的时候，
它自己像个古时的玩偶，
雪崩一样坍塌在它们的田畴。

1907年7月

利基诺

① 创作和爱。霍达谢维奇的援引有误，应该是愤怒与爱。——译者

早　晨

别吱声，低下你的头。
夜的恐吓你不要应答。
比起灰色黎明还要深邃的
是你珍珠般的面颊。

你在黑色的石头上凿出
阴郁痛苦的文字。
就连你，也被拘禁在
我夜黑如磐的棺材里。

此刻你莫要言语。垂下头来，
不要伏棺而泣，也不要悲叹惋惜，
亮出你冷漠僵硬的面孔
迎对死无生气的黎明直视。

1907 年 7 月 3 日
利吉诺

散 步

恶毒的话语似泪水涌流，
弹跳的树枝将我面庞痛抽，
你委屈而又不屑地付之一笑，
冷静细腻矜持地将我凌辱。
恶毒的话语似泪水涌流，
我默然拨开茂密丛生的灌木，
沉默中走过倔强的你，
将我的野花抛丢……
恶毒的话语似泪水涌流。

1907年7月8—9日

宛若一枚剪影

一

宛若晴朗月夜中的一枚剪影
树枝的身影织就了夜的花纹
你，幻影般地出现在草坪——
如同晴朗月夜中的一枚剪影——
你掠上漫不经意的叶蔟
纤手停留是心头狂热的微细外露……
如同晴朗月夜中的一枚剪影，
树枝的身影织就了夜的花纹。

二

树林边一条被人遗忘的小河
你将月中点画的光斑摇曳，
啊，多么纯净安详轻盈！
树林边一条被人遗忘的小河！

你泛着墨色光波从远处流近，
在明亮的摇篮边遗忘，冷凝。
树林边一条被人遗忘的小河，
你将月中点画的光斑摇曳……

1907年7月9—20日

写给库金娜的诗

Madchen mit dem roten Mundchen

Heinrich Heine①

1. 老朋友

……能言善辩者珍藏的垃圾。

——瓦列利·勃留索夫

啊，亲爱的！一只绯红色的小蝴蝶，
飞旋在菟丝子的贞洁花萼，
细条身姿和叮咚作响的小溪——
你的外形是多么的温婉细致！

春的白昼——远方的一群布谷鸟，
接下来——东方弥散着月色如水，
苹果树的鲜花和麝香草莓的芬芳！

① 红唇少女。

你们的心智世界多么的温柔深邃！

你很快乐，嗓音宛转悠扬！
又是那么美好，还有，还有
聆听你的话语带上神秘的女友①，

我坐立不安，嗫嚅着诗行，
在黑暗中，在朦胧的花畦上方，
勉强辨别得清那双瘦削的肩膀！

1907年7月13日
利基诺

2. 她

她说起话来慢声慢语
像是犹豫不决，又似纯真无辜！
她有着茉莉花般的亲吻！
就连双肩的瘦削也可爱可亲！

温存而又柔情的眼睛上边

① 这里用词是 кузина，是作者有意而为之，以求得和奶妈库金娜的名字同样发音。此词意为堂姐妹，表姐妹（一般用于贵族资产阶级中），也作女友、情妇等讲。可理解为库金娜形象在这里幻化成诗人的女友或情妇，或者是多重身份兼而有之。

双眉浅伏出两条外形线——
于是诗人欢迎着爱的到来
重又以信口而出的诗篇！

1907 年 8 月 19 日
利基诺

3. 库金娜在哭泣

库金娜，别再哭，一切都会改变！
年岁将会逝去，就像温柔的瞬息，
琥珀云彩的疼痛也将灰飞烟灭
　　而且花圃也将被洒上水滴。

就在那个冰消雪化的夜晚，
当紫色的灯光映上面庞，
你的诗人一定会回到
　　唉声叹气的你的身旁。

相信命运吧，它并不严苛，
它拿走的，一定重又赠还。
我要谢它许许多多，
　　谢谢亲切的爱：

不要哭泣。莫非它不会将
你的嘴交付我的嘴？
你看，是谁的身影平卧
　　避开那白色的灌木。

1907 年 9 月 12 日
莫斯科

4. 回　忆

——写给谢尔盖·阿乌斯伦杰尔

一切都记得：白昼，每时每刻，
易脆的杯盏把清脆的声响发出，
幽暗的花园，如月的面庞，
还有我们居所舞会持重的脚步。

我们从黑暗中走近
向明亮的窗外注视：
四张色彩斑斓的面孔——
让笔直的并立悠然畅意。

在被照亮的窗口
细长剪影镂刻出黑色轮廓，
你因亲吻羞怯得不知所措，

迟滞你的回应是那幸福。

你是否记得，突然间电闪雷鸣？
倾盆大雨下得越来越骤急，
我们藏身在窗户下面，
我们的亲吻更深更甜蜜……

而后我们逃进黑暗之中，
我跟在你身后，机敏的保护人；
转瞬间风儿如飞刮来
撩起你薄纱一样的皱裙。

我们飞也似往家跑，越跑越快，越跑越快，
一扇扇门发出惊天轰响
在华光四射的大厅，在客人中间，
我们感到几分怪异、几分舒畅。

你嘴角挂满微笑站在那里，
温柔而又扭捏地向客人问好，
只有一颗颗水滴挂在你的发梢
像是突然升起的群星熠熠闪耀。

1907年10月30—31日

彼得堡

“我的话语……”

我的话语满含伤感的柔和。
宁静之神灵依旧
缓缓地拨动念珠。
久远的，温顺的面孔，
再度定格于我的窗户。

我重又平静且暗自愉悦……
宁静之神灵——就在咱的门后。
我度过了一天天，我权衡了一年年
如此一如既往，无语却快活，
你，伫立不动在窗口。

如果我叫住的是你，
回答的将是静之神祇。
然而我伏在你的臂弯里；
如果我再度叫住你——

你在窗口旁笑眯眯。

1907 年 8 月 22—23 日

情　歌

“披上风衣，掖上吉他……”
夜晚的天空，星光流华！
呵，当我把幼稚的情歌初唱，
我便无法遮掩恋人的面颊。

她端庄而又质朴，
爱与温柔的惊恐藏于双眸。
别骗我，最后的希望，
别骗我，那怯怯的一握！

她娴静而又深情。
夜神为我做爱的占卜。
有一回醉人的酒杯翻了个儿，
我便卸却因你而来的忧伤与焦虑。

别寄望在我诚实的双眼，

捕捉到让人狂喜的谎言。
“也许听罢一支小夜曲，
你会从中明白点什么?”

在不变的痛苦中度过岁月悠悠，
我高声喧唱幼稚的情歌。
“但愿我的歌是一炷神香，
夜晚的天空，请为我祝福!”

1907年8月27日—30日

戒　指

一

我深深鞠躬为你送行，
将戒指交还我默语无声。
唯有夜晚执拗地呻吟，
它呼唤着你踏上门庭。

你踏上夜的路途，
面无惧，心不抖，目无顾。
你信赖黑黢黢的夜神？
你不拿上我给的电筒？

为你送行我深深鞠躬，
你的心冷酷而又无情！
啊，教堂的晨钟已经敲响，

它倾诉着我心头的哀伤。

二

你吩咐，我便沉默。不堪明说的日子也得过！
你这是最后一次来找我。
面纱的褶皱遮着没戴可爱面具的你
但我辨得出你那姣好的面影。

去吧，去狂欢人群的淫行中舞步，
往日的戒指已经不在你的手上——
死神已经任性地将裹尸布
摊开在面如土色者的恐惧上。

1907 年 11 月 24 日

一幕未完成剧本的序言

——致安德烈·别雷

最陶醉的痛苦是无奈，
最为严酷的故事是爱。
诗人的心盛满痛苦的柔情，
每一诗行都渗透着血印。

诗人的命运——鞭笞与酷刑，
带刺的花环冠于每个人头顶。
谁向你写出亲昵的诗句，
就会因你斩首，丧失性命。

毫无疑问，一切都会悄无声息完结。
别走开，不会再有刺人的痛楚。
轻盈闪开的也许该是

命运过于自信的脚步。

诗人的心盛满痛苦的柔情，
鲜血似深红色甜酒浸润……
最陶醉的痛苦是无奈，
最为严酷的故事是爱。

1907年12月12日

“光阴飞针走线在十字布”

光阴飞针走线绣在十字布：
分分相接，日日相继……

和我私生儿子的不是你？
而我正在埋葬的不是你？

时光它听不见任何怨诉！
我将我的双手向青天高举——

在布满彩线的十字布
一幅画采已经刺绣出。

1907年12月12日
莫斯科

Sanctus Amor（神圣的）

——致尼娜·彼得洛芙斯卡娅

我来到你的身边，爱情，
跟在众人身后我步履艰辛。
今天，我那旧长杖，重又
缠裹一束喜庆的红绸。

于是，像个颠僧那么幸福，
我看着无数条红蛇在狂舞。
在一张张残破的条椅当中，
置身绸李密林①我将你亲吻。

公园里人群熙攘，椴花飘香，
一切跟老歌唱得一模一样。

① 绸李密林意为神圣的爱情，拉丁语。

于是你轻应一声：“我爱”，
往昔的少女脸上飞起红云彩。

可这只在一瞬间——就连夜莺
也无力将游戏玩至最终！
但看枝叶中潘神雕像，
他的微笑痛苦而又装模作样……

于是乎，心的跳动又趋平稳；
短促的火苗刚一闪亮便已消匿；
于是我顿悟我乃一具死尸，
而你不过是我墓前一块碑石。

1907

耗　子

小巧玲珑的，轻手轻脚的耗子，
灰不溜秋的，活泼伶俐的幼兽！
你早已用你小眼睛紧瞅，
心中的一角是否筑就。

你好，我默默忍耐的宠物，
你好，我忠贞不渝的爱情！
请在一页喜悦的心扉
噬咬出小牙的锋利尖锐。

到头来，你就在心头安家，
轻手轻脚的小家兽，乖乖听话！
你是疲惫心头的一顶花冠——
天鹅绒般，热烘烘的一个毛团。

1908年2月8—10日
莫斯科

致诗人

一个男孩身背箭囊将山峰登攀，
身佩一张做工精细的轻盈弓箭。

杰尔查文

你紧咬双唇，痛苦皱着眉头，
我却笑话你俊美双眼流露出的忧愁。
诗人是幸福的，那些并没有因平庸瞬间陈旧，
被千百次吟诵着的诗人当为幸福！

你叫唤着死亡，我觉得既好笑又很暖心：
被负心女子抛弃的诗人多么可爱！
我预感到一首走心写下的
充满叛逆词句的十四行诗的到来。

时光荏苒，就像梦，你梦见

一去不返的满带昔日痛苦的醉态。

舒心畅意与身心感动的时刻一定到来：

这也是孩童牧笛哽咽啜泣之所在。

爱上这柄漂亮弓箭的箭头吧。

诗人，不要与残酷的儿戏打擂台！

我们大家遭遇的第一次分手，

如同第一顶桂冠，宛若第一次恋爱。

1908 春

吉列耶沃

雨

一切让我高兴：城市湿个精透，
昨天还是灰蒙蒙的房顶，
今天像蒙上明亮亮丝绸，
抛掷下银子般的水流。

我高兴，我的欲念已经干涸，
我微笑着向窗外凝眸，
你行步匆匆，从我门前走过
独自一人踯躅在透滑的街头。

我高兴雨越下越大，
雨中你走进别人的家。
你落下湿漉漉的雨伞，
把浑身的雨滴抖落下。

我高兴你把我忘却，
你走下那一家台阶，
你对我窗户不看一眼，
也没对我扬一下脸。

我高兴你从我门前走过，
但你的背影依旧入我眼眸，
情欲撩人的春天已经过去，
它是那么美好又纯洁无辜。

1908 年 4 月 7 日

落　日

当空旷的广场
被缠裹在黄色的尘埃，
当疲惫不堪的双唇
哀伤地泛着苍白——
是你在远方走过
一把红伞的圆盘将身子遮盖。

是你在行走，不记得
过往的事，昔日的人，
谁是熟知，谁是陌生，
他们都已经让你苦闷——
当屋顶燃亮起
轻盈温暖的灯。

是你在贞洁的夜晚

盘着蓬松如烟的鬈发，
掩映着你双颊是那
一朵朵淡紫色的花——
是你摇晃着身子
在柔和红伞的光晕下。

我知道：你是有意不记得
往事也好，旧人也罢，
你怦然心动的是轻盈的，
不易察觉的火花——
你宛若死神在远处走过
身披鲜红的夏日的晚霞！

你的衣着格外的温情，
你的鬈发盘得分外的蓬松，
你在远处让一轮如缎的
伞的圆圈向大地俯身——
朝向我疲惫不堪的双唇
你贴上热烈的亲吻！

1908年5月21日
莫斯科

“宁静的心中……”

宁静的心中是呛人的烟灰，
黑暗的杯盏是宁静的梦寐。
谁不借这黑暗的杯盏喝两口，
如果心头是呛人的烟灰，
如果杯里是宁静的梦寐？

黑暗的杯盏里全是甜酒，
别叫它是甜甜的迷魂汤。
我们的心渴盼着死亡，
别向公众的酒杯俯身，
别让微笑拧歪了你的嘴。

唱吧，并记住，心头是烟灰，
杯盏里是久久久久的梦寐！
谁不借这黑暗的杯盏喝两口，

如果心头是隐秘的烟灰，

如果杯盏里是宁静的梦寐？

1908 年 8 月 3 日

告　别

就这般，别了。冷冷的雾跌落。
月亮在发光。你娇媚得一如往日。
在这秋的夜晚，有谁不是唐璜一个？
对你漫不经意而又过了头地逗乐。

就这般，别了。你皱眉也是徒然：
我随便地逗笑，说有人心中伤痕斑斑。
于是剽悍的船长在暴风雨中风生谈笑，
于是只有死尸开的玩笑无关紧要。

情欲和感情的温和君主，
我忘了一切。请原谅：一切都成笑谈，
你戒指上的红宝石唯我觉得亲切无限……

雾在燃烧，泛着蛋白石的光泽，

月亮高悬，如同天竺牡丹涂着黄色。

别了，别了！……你告诉过我些什么？

1908 年 8 月 4—7 日

幸福的小屋

哀　歌

看，我们的夜晚空旷岑寂：

　　秋夜的星空撒开网的沉思，

它呼唤平静的生与睿智的死——

　　轻盈地从最后一堵峭壁

跳入温柔的山谷盆地。

　　　　也许，在那里，小溪，

　　挣脱瀑布，跳荡不息，

　　牧笛在歌唱，远处牧群五彩陆离，

牧鞭噼啪作响声声清晰。

　　苦思冥想而又羸弱衰朽的猎鱼者，

吃力转身循着我双足的声息，

　　用专注而又规矩的举动，

　　把那用心的钓竿重又投放小溪……

了无声息的地方！我声息了无地离去

去那来雨的地方，那雨凉爽而神怡，

奔跑着，喧闹着，奔向了无生机的山谷盆地……

但也许，就在并不温柔的春天里，

用并不安宁的休息，并非村野的凝寂，

但却有着不安与鲜活的记忆，

这个世界舒一口气——重又出现在我的眼前……

啊，于是重又是你，那个念头真可谓称奇！

奢华的夜晚空灵而又岑寂。

秋夜的星空将熠熠生辉的网编织

在呼唤安宁的生与安宁的死。

你诚惶诚恐地踏足一地的露滴。

1908年8月15日

吉列耶沃

斯坦司诗[①]（“昏天的圣物……”）

渐渐昏暗的白昼之圣物，
独自地对一切满不在乎，
这种轻蔑也感染了我，
就像把我的灵感光顾。

我独自生活，我把情歌歌词，
还有情书、约会都叫作儿戏，
但是，我时不时痛苦地回忆
我的那些抒发情怀的言辞！

但是我很怀念一去不返的日子，
它被粗野和执拗焚为灰烬——
我怜惜焚香落下的芳香粉粒

① 又叫四行诗节诗。

复燃在我灵魂的火焰里。

哦，世俗爱情的种种喜悦，
温存诱惑的种种娱乐！
空洞灵魂的庄严隆重
更为壮丽，更为神圣……

于是我期望堕入过眼烟云，
我盼望着再次向上苍祈祷，
并于泪水中将新世界铸就，
不惜一切把过往的类似物缔造。

1909 年 1 月

灵　魂

哦，我的人生！夜复一夜。而你，灵魂，并不听从安宁。
身心俱疲的灵魂！何苦将你疲惫的帝王紫袍拖拽在身？

何为人生？剧院，情欲的玩弄，十字路口的
长剑噼啪搏击，
灯光的闪烁，影子的把玩，明灭闪烁的
火光游戏。

凭什么去给小丑鼓掌？请将人生落定在
忧闷的岸旁。
在那里，将贝壳贴近耳边，去聆听
撩人心魄的喧响。

沉浸在遥远的世界：失聪老人愤愤地埋怨，
大帆船吱嘎，木浆在喧闹，还有来自
科锡特河岸的哭喊。

1909

新　年

“新年好！”多么明媚的微笑！
“恭贺新禧！”——“亲爱的，我们同喜！”
窗边鱼缸里的鱼儿，
轻轻拍动着金色的羽翅。

明媚的早晨，客厅的窗户附近，
闪过你姣好身影，飘过你柔美嗓音……
亲吻芬芳的，纯贞的……
新年！幸福的新年，金色的新年！

今天有谁比我更幸福？
是谁越发无味地絮叨着命数？
有什么还会比新年，
比讲说你一个人的童话美好无边？

1909 年 12 月 14 日

致缪斯

我重又翻阅忘却的诗页，

我重又苏生久违的激越，

我眼前重又出现了你，

儿时的美妙幻觉。

在以往的日子里，你像温柔的女友，

出现在我幸福的居所

我们把神圣的闲暇共同享有。

穿着一双缎鞋，留着少女的发辫，

玫瑰样微笑，性情随和而又贞洁无瑕，

我感觉你亲近而又满带亲情，

于是我玩笑着叫你库金娜①。

啊，心爱的缪斯！请把静谧的花园想起，

灰蓝色雾霭中弥漫夜晚的熏香，

还有那一排排杨树散发清凉的芬芳，

---

① 此词还有表姐、表妹、情妇等意思。

还有诗的灵感的初次到场！
你会记得起所有：茉莉灌木，
充满遐想的入暮暗影斑驳，
更有一弯月牙儿，探身水面的丁香
撒下一湖白色的花朵……
唉，天真的孩子！我曾渴盼享受，
我把一切招供：我用神圣的
阔叶林喧哗把热闹的朋友圈换得，
我这个莽撞的人从我头上摘掉
你赋予我的桂冠，爱与荣誉的担保——
就这般，我独自留步于暗影的笼罩。
不再相信——我的狡猾的谋士，
还有永恒——如同悬在我心上的短刀！

1910 年春

写给母亲

妈妈！哪怕你对我回应一声或听我说完话：
活在这个世界何等痛苦，你干吗把我生下？
妈妈！也许我就这么断送自己直到永远——
是的，一生究竟为了什么——像酒，像火，像箭？

我很惭愧，我羞于和你谈爱情，
妈妈，我说不出口，我曾哭过，为了女人！
我心痛，用我失控、狂躁、虚伪灵魂之苦
打搅你晚年无人慰藉的孤独！
我害怕承认，一切于我已无关紧要
哪怕是你教过我的如何把日子过好！
还有祈祷，还有书本，还有歌吟。
妈妈，我已忘却一切！一切不知何处消隐，
一切都惘然若失，直到喝得大醉酩酊，
我踟蹰街头，在唱，在喊，在摇晃前行。
你独自一人想知道我全部真情？

你想要我承认？我的希求全然不多：
只是想再重温她的亲吻，
（那双薄唇的褶皱里盛满火红的胭脂）
只想再一次狂呼：公主！公主！
而且听得见她的应声：直到永世。

善良的妈妈，快穿上你那件旧外衣，
快点去吧，去向琴斯托霍娃教堂
祈祷，为你可怜的儿子，
还有扎着黑蝴蝶结的女郎！

1910

肖　像

公主身着一袭大红，
芳唇涂得鲜亮撩人，
挂在鬓角的黑带花结
在抬起的肩膀上垂落。

公主体态娇柔且浓香馥郁
喜欢嬉笑和喧闹的恶作剧——
如果心被亲吻和甜酒陶醉
你究竟能奈它几何?

1911 年初

弓　月

如此钻心入髓的折磨——
清澈的空气和春季，
它的鲜花的波浪，
它的腐臭的气息。

就像远处的声音逐渐停息，
这一弯月牙儿何等的弱细，
弓月像是字句清晰地诉说，
没有比眼下更让人痛苦不已！

在这受应力紧张的天堂上方，
就连雷电也不打一下忽闪——
于是我们筋疲力尽地合上
突然一片黑暗的双眼。

于是，我们的双唇越发苍白

而且，死亡充盈着世界，
就如同从淡蓝天穹的酒杯里
四溅而出的太空乙醚。

1911年4月3日（或10日）
莫斯科

二　月

这个夜晚还不属于春天，
但也已经有点不像冬天……
春天，你究竟为何姗姗来迟？你最八卦，
你是情欲旺盛的波利姆莉娅[①]！

旧时那掩映在蓝光入暮中的
幽会激动不再死而复生——
但情痴神颠，如同凤凰，涅槃于
激情燃烧的每一瞬。

1913 年 2 月

---

① 波利吉姆莉娅，也叫波利姆莉娅，古希腊神话中主庄严体颂诗的诗神，同时司农事等。

走钢丝的杂技演员

（为一幅剪影题词）

钢丝从一房顶系向另一房顶，
杂技演员走得平稳而又轻盈。

他手里拿根棍子，全身似天平，
而台下的观众全都屏息神凝。

他们推挤着，嗫嚅着："就要掉下来了！"
而且每个人都紧绷着神经等待着。

右旁，一个小老太太隔窗观看，
左侧，是一位端着酒杯的闲汉。

待烟消云散，钢丝结实无恙。
杂技演员走得轻盈而又稳当。

如果卖艺者掉下来，跌倒在地
虚假的人儿则会哎呀一声画着十字——

诗人扳着毫不在意的面孔走过：
你自己不也是凭这种技艺过活？

1913

冬天，犹如鸵鸟的翅膀……

像是黑色灵柩上一片片鸵鸟的羽毛，
工厂的浓烟在颤抖中缭绕。
从黑色的深渊，从拂晓前的黑暗
发着寒鸦的嚎叫向另一种黑暗飞跑。
车队吱吱响，呼吸着冰冷的蒸汽，
路灯工人，动作敏捷的小鬼，
弯弓的脊背上扛着梯子奔跑在人行道……
啊，寂寞，一只求助月亮的瘦狗！
你，时间的风在我耳旁打着呼哨！

1913 年 12 月

回　味

在这里，这口水井旁，
你将两朵玫瑰送上给我。
我惧怕这让人痛苦的情欲——
没有将你鲜红的玫瑰接过。

我说：“对不起，阿丽娜，
我喜欢的是花环月桂，
还有那耐人寻味，
让人憧憬的银色玫瑰。”

阿丽娜就此影去踪无，
那口水井也早已干枯，
我却孤独地将那淡蓝色
玫瑰——情欲倍加呵护。

很快，我的左邻右舍

在我的小屋相逢聚会
看我如何因那朵白色的、
让人销魂的死亡玫瑰神不守舍。

1914

致飞行员

你平稳腾跃上天，飞行
在田野、森林、沼泽的上空，
疾驰于北方江川的九曲河棱。
上天的神——英雄——人！

机翼紧绷，就像两片高涨的帆，
操着方向盘的是坚挺的双手。
四周满是挪得高高的云层，
云朵——云朵——云朵。

于是我满带疑惑地将你紧瞅，
同时轻轻地摇着我的头：
螺旋上升，上升，划出道道弧线，
但要记住——想一想——作一停留。

你干吗希求那云朵之上的明净？

在大地母亲般的胸膛
你避开高空，避开危险歇息——
你落地——落地——落地。

哦，你从高空坠下，划出大大的曲线
落地吧，砸碎一道道山峦——
迎接你的是飘扬五彩旗帜的观礼台，
人群——乐队——小吃店。

1914

晨寄少女

昨日傍晚，你用
柏树枝敲响我的窗口。
但我不相信热吻
连情欲也不再希求。

在我冷却的心头
我铸就平凡永恒的宇宙……
看吧，杯盏上袅袅而起的水雾！
何等美妙无穷的清香一炷！

但听得清晨鸟的歌喉，
湖水那边有远雷滚过，
面对少女的召唤
谁不报以微笑、玫瑰和诗歌？

1914

“从羸弱的眼皮上……”

从羸弱的眼皮上驱走迷糊的梦，
我整个一天活得忧心如焚。
而且每到晚上我都被累得趴下
被摧垮于疲惫的最后之吻。

但是就在梦中我也心神不定：
所梦之事琐碎平庸，焦虑难宁，
穿越我的梦境我听得见梦话，
以九牛二虎之力思想白日的人生。

1914 年 8 月 30 日

耗子诗摘抄

人类正进行战争。但战争的血腥叫嚣
到达不了我们的地窖。
在我们身边——永久的朝圣，
在我们世界——充满温静自在
愉快而质朴的思考。

我与最后一只田鼠是永久的兄弟。
战争相对于我们毫不关乎——
但是主就在你的头顶上，
大雪覆盖而又威严的国度！

在为俄罗斯而战的伟大日子中
我把听不见的诗行送上天空：
也许，耗子的祈祷
君主听了最为心动……

法兰西！在你的大自然中
刀光剑影，摧毁着你的鞭笞，
让人钟爱的自由的摇篮！
那个不爱你的人并不是耗子！

白天和夜晚伴着机器钢铁的叮咚
韦利吉亚，你就像耗子一样苦劳——
我的女友，撕烂你的是
德意志的大胡子公猫。

啊，你们那里是战争！火药
把狂怒与致死的瓦斯往天空抛去，
而在地下隐蔽的洞巢
痛苦的余悸，虔诚的恐惧
还有为你们点燃的一支蜡烛。

1914 年 9 月 17 日
莫斯科

幽　居

令人神往的闭门不出的时分！
我珍爱你每一瞬间，如同籽粒；
它就在灵魂的黑暗处生根
迸发出幼芽充满灵动的神秘。
在过往的日子里苦难与美酒
引燃我的心。此刻唯有你——
离群索居给我注入勃勃生机。

你将希冀与生命，圣歌与无言
连接成一体，犹如坚固链环。
我将要做出的命运的决定
则与你安如磐石相依相连。
假若我命定今生遇难——
幽居的时光——请为我高歌一曲，
悼念沉入海底的一名海员！

1915

“哦， 假如在这……”

哦，假如在这渴望安宁的时刻
闭上眼睛，一阵伤心，而后死去！
我娇小的赫洛亚，你会为我哭泣，
而且看我一眼你也会感到恐惧。

而神秘的、安宁的、秘而不宣的我，
也许会在桌子上被停放漫长的三日，
就像教堂加封的保存圣物的金盒，
里面存放着有关土地的全部睿智。

我的朋友（人数不多！）相遇在一起
他们多么想谈说秘密中的秘密。
你头戴玫瑰紫罗兰不听他们的交谈，
你多想温抚心不在焉的眸子。

就这般，爱玩爱闹的你并不把智慧珍爱。

随他去吧！但透过死亡我听得明白，
活着的朋友，你是如何用关爱的手
怯怯地将装有冰块的口袋挪至我的胸口。

1915

“仅凭一首诗……”

仅凭一首诗难以把一切说尽。
生活神奇而隐秘地按序前行，
你像是在给谁织一条长长的围巾，
你仿佛是在等待你并不想念的人。

缄默不语的线团正在往下滚落，
你看一眼骨质的针钩它照例发黄，
你不知道他来还是不来，
你久等的客人会是什么样。

他是否会在早上叩响你的窗棂，
也许用无声的脚步在黑暗中走近。
带着让你感到些许恐惧的微笑，
把我们结成的维系一下子拆掉。

1915

“我们一起去向大海”

我们一起去向大海。轰隆作响的大风
向陆地飞驰而去。
风噎得人说不出话来——
一股喧闹的气流钻进耳鼓。

你很羞怯。土堤与繁星的
管风琴合奏让你恐惧，
于是一颗心不敢相信
这个让人战栗的辽阔地域。

你以一个空洞的借口
将恐惧的我向一边引开……
呜呼，我每一瞬间都面对上帝——
如同你今夜面朝大海。

1916 年 4 月——1919 年 6 月 22 日

早　晨

不，我再也不能朝向

那里，窗外看去！

哦，这是痛苦的濒死——

何苦来着，徒然注目？

万物鸣响一个声音：

“你命定要分手！”

如同我们小巷的槭树

泛黄得温柔！

四周既无人言语，也无跳动声，

一切都已遁入天边……

有时依旧令人恐惧，

有时却又让人扼腕。

1916年11月16日

斯摩棱斯克市场

我穿过
斯摩棱斯克市场。
我看啊，看，
雪片在飞扬。
白昼的明亮里
烛光在泛黄；
依旧是那些相遇
压得我难以把头扬。
总是举起同一只杯盏——
我饮酒——喝得酣畅……
我们的芳邻
送来蜜粥尝上一尝。
蓝色的打开着的棺材
在教堂一旁——停放，
死者的额头
落满了寒霜……

啊，雪花的飞舞
请你别再这样！
斯摩棱斯克市场
你该变个样！

1916

彳亍

暴风雪，暴风雪……手套里冻僵的手，
　　　　如同别人的手。
活着岂不怪乎，因为触摸得清，
　　　　你让我感觉是多么亲近？

我仍迈着彳亍的步子回家，手提采购之物，
　　　　我也正依旧在过活。
一切都很持久！不，它一丁点儿也不脆弱，
　　　　梦境成了现实生活！

尘世的路途更让人疲惫痛苦，
　　　　手还在生疼，
但意识越来越清晰，越来越明确，
　　　　你就在我邻近。

1916

拉希尔的眼泪

世界是对夜晚大地的犯罪，
水洼、栏杆、玻璃都在熠熠生辉。
我脚步从容行走在雨中，
雨水打湿双肩，湿透我的帽子。
此时我们全都成了无家可归，
活像是永生永世的流浪鬼。
绵绵不尽的雨滴在为我们
吟唱拉希尔古老的眼泪。

就让怀着高傲之爱的后辈，
将祖先的传奇写进诗内——
我们心中的每一天都这么度过：
鲜血作为标记，再就是违背教规。
我们的痛苦是上帝所给
我们在可怖的时分与世界交会！
与我们擦肩而过的老妪的面颊——

滚动着拉希尔伤心的眼泪。

我既不接受荣耀也不接受美名，

假如就在上一个星期内，

给它捎来的是士兵粗糙外套

那一块块浸透鲜血的碎片，唉，

在沉重的担子压迫之下，

我们纵使写下歌词一堆——

只有一段副歌值得回味，

那就是拉希尔劝慰不住的眼泪。

1916

小　溪

你看，太阳是如何用它那
正午时分的妩媚
将一条正在干涸的小溪迷惑——
小溪轰鸣，它在伤悲
奔跑在裸露的石头中
生命渐渐变得枯萎。

向晚时分，走来一位年轻的旅者
嘴里哼唱着一支曲儿；
他把拐杖放在沙地，
双手抄着溪水解渴；
他在饮用已经入夜的细流，
却对自己的命运尚不晓得。

1916

“可爱的姑娘……”

可爱的姑娘，不管你们相信与否：
我的心只为你们和春天亮开歌喉。
但见它早已把我引向死神，
就像夜晚把你们领入睡梦。

把头枕在粉红色的胳膊肘，
打个盹吧，——夜莺，在那头
不歇啼啭直到天明啁啁啾啾，
诉说着它们生命的无奈颤抖。

我无眠地踟蹰在你们中间的小道，
我无形地燃烧在缥缈的火苗，
我将开始入梦的一切
用最最甜美的话语向你们讲道。

1916

在彼得公园

他用一根窄窄的裤腰带
上了吊，身子摇也不摇。
沙土地上黑黢黢醒目的
是从他头上掉落的礼帽。
在那攥得紧紧的手上
指甲盖深深扎进手掌。

太阳已经升了起来
向着正午把脚步加快，
可他直面这一轮太阳，
没有把眼皮耷拉下来。
这个人以全部身体
撑向天空把眼睛睁开。

他机警、机警、机警的两眼，
盯着东方直直地看。

下面聚集着一大群人
围成默不声响的一圈。
于是那条窄窄的裤带
几乎已经看也不见。

1916

心

忘记——想起——忘记……
而心，血淋淋的吝啬鬼，
总是将俗世的刹那积蓄进
巨大而沉重的拜匣子里。

在热得让人发狂的卧榻上，
疲惫的我，是否于一个个夜晚醒来——
这颗心，使出全力往地窖
塞进俗世刹那一袋又一袋。

而如果时常将这颗心
喑哑的跳动略略放轻——
三卢布银币落到柜子底
声响将会听得越发清晰。

一群隐身背阴的大师

在我垂死之时洗劫一空的

不仅仅是许多沉甸甸的采欣[1]，

也还有诸多伪造的英几尼[2]。

1916

① 13—19世纪流通于意大利、近东及北非的威尼斯金币。

② 英国旧金币，相当于21先令。

“可爱的姑娘……”

可爱的姑娘，不管你们相信与否：
我的心只为你们和春天亮开歌喉。
但见它早已把我引向死神，
就像夜晚把你们领入睡梦。

把头枕在粉红色的胳膊肘，
打个盹吧，——夜莺，在那头
不歇啼啭直到天明啁啁啾啾，
诉说着它们生命的无奈颤抖。

我无眠地踟蹰在你们中间的小道，
我无形地燃烧在缥缈的火苗，
我将开始入梦的一切
用最最甜美的话语向你们讲道。

1916

梦

我们终于有了自己的领地！就这样！
衣服在地上，身体在床上。
灵魂，抬起脚，踏在无边的梦乡
　　发懒沉醉和痛苦悲伤！

痛苦与混沌梦境铸就的残缺神灵，
亲爱的，请你缓步，彳亍而行。
哦，你仍旧像是现身于短暂一瞬，
　　　你既失聪，你也失明！

你依旧陶醉于我疲惫的肉身，
穿过世俗存在的愚蠢表层
去学习另类境界的呼吸与生存，
　　那里是你，不曾有我的身影；

在那里我与尘世的意愿相剥离，

你是自由的……痛苦中苏醒会待何时，
到时候我和你再度联姻
结成个并不快乐的联盟。

时光荏苒，在醒过来的艰难一瞬，
我回想起你吉凶难卜的梦，
透过窗户我看见灰色贫瘠的
我的天空，

依旧是那个院落，雾气沉沉，严寒肆虐，
满院翩翩起舞的群鸽……
只是我清楚明白，某种新的折光
闪映在一切。

1917

裁缝女工

我楼上的裁缝干起活来夜以继日
踏着缝纫机顽强而响亮地嗒嗒滴滴。
门上挂着一个黑色的框子
上面简短着字："我按图裁衣"。

听着枕头上方响起敲击声，
就像我，我的朋友常常无意识占卜：
你将你的头低垂向寡妇的丧衣，
还是低头缝制白绒布的水兵服？

就这般，我孱弱地面色晦暗，奄奄一息，
但你敲叩有声，就在同一瞬，
伏在我可亲可爱的地上，
似在听生命的亲切搏动……

不知名的朋友！当一切过往委屈

跨越灵魂疾驰而过，

香炉的摆动，祭祷的话语

是否这般触动你死去的听觉？

1917

“我活在……”

我活在每一天的操劳中，
——而灵魂却闲置无用，
以一种激情的奇迹过活，
置我不顾而天马行空。

经常是，我步履匆匆去赶电车，
或者是埋头于读书，
忽然间我听到如火的怨诉——
于是我闭上了我的双目。

1917

金　子

去吧，这就去把金子放进你的口中，就如同把罂粟和蜂蜜塞进你的双手。Salve aeternum[①].

克拉辛斯基

把金子放进你的口，把罂粟和蜂蜜塞进　你的手，
你的尘世劳碌的最后礼物。

就让我像个天主教徒被烧成灰烬，
我想在尘世领略鄙俗的睡梦：

我想长出春天的牧草，
在古老的落满繁星的道上逍遥。

坟墓的昏暗里罂粟和蜂蜜完全烂尽，

① 拉丁语：你好，永恒。

硬币将会落入死人的口中……

但是许多许多个蒙昧年岁过去
不知名的天外来客将把我的骨骼挖出。

它在黑色的硬壳里被平头铁锹碎击，
发出轰鸣的将是沉甸甸的硬币——

于是金子在许多骨头中闪闪发光，
如同我灵魂的印痕，小小的太阳。

1917

在海边

海水汇聚激浪卷着碎石
扑向我身上，
它用遗忘河[1]之流的声响
烦躁地歌唱。

无风的天气，宁静与怠惰。
但究竟何来的阴影一坨
于明亮的世界
伏上这一双手？

冷酷麻木的肉体
还在折磨着我的不是你，不是你？
白色的沙尘旋即而起
就这般从我眼前飞逝。

---

① 源自古希腊神话。记忆与遗忘之河，多简称遗忘河。

羊群爬上

陡峭的山坡……

哈德斯[①]之凉爽穿过酷热

穿透的也还有我。

1917 年 12 月 8 日

莫斯科

---

① 古希腊神话中统治冥界的冥帝，在部分版本中是奥林匹斯十二神之一。

寻我来吧

请在晶莹的春光里
　　寻我。
我整个身心似无形奋振的
　　双翮，
我是声响，我是叹息，
我是留在路面的光点
　　一颗，
我比光点更轻捷：它停在我驻足过的
　这里，那处。

可我们中间没有别离
我至死不渝的朋友！
听，我在这里，
你动情的颤抖的双手，
伸进白昼的流焰将我
　　　　　　触抚。

这般轻缓，

仿佛不经意闭合你的双眸。

在隐约抖动的手指尖头

还有一份对我的执着，

也许，

我会像火苗一样猝然勃跃。

1917 年 12 月 20 日至 1918 年 1 月 3 日

走种子的路

播种者将种子撒入匀整的犁沟。
他的父辈祖辈同样在这里走过。

种子在他手里闪耀着金光，
但它必须落入黑色的土壤。

在那里，瞎眼的蛆虫洞开通道，
种子再度发芽必先在期盼中死掉。

就这般，我的灵魂重蹈种子的路，
先是遁入黑暗死去，重又复苏。

于是你，我的国度，于是你，我的手足，
穿过这一年轮，先是死亡，后是复活。

然后我们拥有同样的智慧，

所有的生物都走种子的路。

1917年12月23日

“温馨的夜晚……”

温馨的夜晚雨后散发着甜蜜。
月亮在乌云的白色豁口疾步飞驰。
灰色的草坪什么地方频频啼叫着长脚秧鸡。

我的唇第一次和你调皮的唇贴在一起。
触抚着你，我的双手正瑟瑟战栗……
只过了十六年，从那时候起。

1917

片　段

这件事情发生

在一个肃杀的风雪漫天的冬晨……
那是一九一五年的一个早晨。
我疲倦于一种了无生气的慵懒，
这种疲惫当时让我痛苦难忍，
我独自坐在房间。某种含糊不清的
气流从我的双肩，我的头，
向着我的双手，我的双足
时隐时现而又不停息地奔走——
从我的手指跑出，继续游弋
已经跃出了我的身体之外头。
我意识到，我必须把它留住，
但是我的意志抛弃了我……
我毫不走心地
看着书架，看着黄色的墙纸，

看着闭上眼睛的普希金的面具。
一切都呆滞于火红色的晨光里。
窗外孩子们在喊叫。雪橇
在山上攀爬轰隆作响，这喧嚣
传到我耳际就像是穿透到
深不可测的浪涛底处……
潜水员一头扎向水底深渊
他听见水手们在甲板上的
奔跑与喊叫。
突然间，像是水下的一声震动，
但它柔和，很小心翼翼——
一切我重又弄了个明白仔细，
只是在移置状态。这是常有的事，
当我们用撸桨将小船
划离岸边沙石的时候；一只脚
在结实的船下方将大地听个清晰，
于是，绿色的堤岸显得距离很近
柴火堆放在上边。我们在小船上摇晃身体——
河岸于我们渐行渐远。那片我们刚刚
踱步的小树丛也变得渺小无几；
小树林那边一股轻烟升腾；眼看着漫上树梢
林中草地已经清晰可见，一座红色的澡堂
便是坐落在那里。

瞬间我看见

自个儿的模样，就像这河岸；
假如我从上方观看，从左边
我就会看到它的侧面景观。我坐着，
而后走向沙发深深坐下，跷起二郎腿
指间夹着一支熄灭了的烟卷，
全然的瘦骨嶙峋，面色苍白。
一双眼睛大睁着，但其中的表情
我却是看也不见。我全然
感觉不出坐在我面前的那个我。
但是，用似乎无形的目光看着的另一人
却感觉这般的愉悦、轻松和从容。
就连坐在沙发里的那一位，
在我看来似一位纯朴、相处多年的友人，
因岁月车旅之年岁一副沧桑面容。
他实在是像来我这里做客，
在谐和的交谈中一声不吭，
却突然身体摇摆，唉声叹气，一命归西。
面目舒展，痛苦的微笑也
一去无踪。
我见到我自己就这么短促：大概，
也就是钟表时轮的四分之一，

秒针还没有把一轮走完。
就像之前我身不由己地
扔掉这张外壳——同样如此
我又重回我的外壳里。但实现
这一点只是很沉重、很吃力，
它让我陷入不愉快的回忆。
我很难做到，像蛇一样憋得慌，
像是这条蛇重又钻回
它已经蝉蜕了的外壳里……

我重又

看见面前我自己的书本，
听见众语喧哗。我很为难
重又感觉整个肉身，整个手足……
就这般，我扔掉船桨上岸，
我们突然感觉自己更加艰难。
疲惫不堪重负又返回我的身体，
就如同返归于一场久久的荡桨——
而我的耳畔嗡嗡鸣响模糊不清的杂音，
像是湖或海的风俘获得的回响。

1918年1月25—28

鸽　子

你打开鸽笼的小门。

　一只白色的鸽子

奋飞而出，扑向我的面孔

　捎来一阵疾风……

好啦！莫非你给我的

就是这悭吝的一瞬？

　我的朋友，难道你

不会想起这八行短诗？

1918年4月16—17日

踟蹰在街心花园

我身着皮袄，在昏暗中踟蹰，气喘吁吁，
就像一条生病的鱼在海底游走。
有轨电车嘶嘶作响，并把星星
向着解冻时令的黑色镜子抛去。

我大张着我干热的双唇，
对着湿润空气贪婪吸吮，
而从尼基塔大门里面闪出的
一个少女的幻影对我步步紧跟。

1918

“残酷的时代！”

残酷的时代！刽子手与窃贼
猎获了传奇般的荣誉。
而那里，集市般的广场，
歇斯底里的女人样的歌手
对着铁石心肠者如号似哭。

婴儿恶狠狠地扯吸着
饥肠辘辘奶妈的瘪乳。
死尸的恶臭已散发十天，
才有人用肮脏的尸布
裹着它交付蛆虫评头品足。

1918 年—1919 年

变奏曲

我走上阳台重又
暖一暖这双肩，这两手。
我坐着——但尘世一切声响——
似乎入梦又像是把梦穿过。

突然间，我感到整个地精疲力竭，
我游浮：去哪里我自己也不晓得，
但是我的世界向四面八方扩展，
就像波浪变成圈儿四分五散。

满带温存的奇迹，请延长时分
我已经进入了第二个圆轮！
于是我聆听，从那里已经传出
我的担架那有节奏的响声。

1919

渔　夫

歌谣

我用飘忽不定的星星
给我的吊钩安上诱饵。
月亮——我的白色的鱼漂
在黑色的水面上摇曳。

我这老者，坐在流淌不歇的水边
就这么低声哼着小曲，
太阳奔着我的鱼钓
终日不停地咬钩。

我把它在天庭
轻轻拨动，拨动，但是——
临近黄昏，它吞食了星星，
自身藏得无踪又无影。

我，一介渔夫，很快将
　我库存的星星挥霍殆尽。
哦，你们多保重！在此时分
　夜黑将把大地抱紧。

1919

卖报郎

“晚间消息报！”
诡计多端的骗子，你大声喊，
夜晚街头游荡的鬼魅，
给我的听觉增添快感。

春日的泥泞道路
将我引向黑暗
它盘旋着曲曲弯弯，
它通向哪里都是这般。

英勇或是蒙羞，
胜利抑或耻辱；
除了夜晚消息——
再就是一无所有。

小恶魔迈开脚步，

一位勇士的模样，
一只毡靴趿拉在
命运深渊的上方。

然而在满不在乎之中，
落身于唯利是图者的冷酷——
这颗贪婪的灵魂，
在歌唱怎样伟大的诱惑！

1919

自　述

1

不，在我身上有美好的东西，
面对自己我却羞于将其说起，
更不用说在众人面前：灵魂
不苟同于他们令人难堪的赞词。

就这样活着，把我美妙的形象
掩藏在低级而又险恶的面具之下……
看看，我的朋友，长有十字花纹的
蜘蛛正在泛着金光的小草上攀爬。

见此情景一个小孩躲在妈妈的身后，
就连你自己也忙着用洁癖粉嫩的手
捏着蜘蛛脖颈把它赶走。

蜘蛛因你的愤怒夺路而逃，
它窘迫于自己的行为，但不知道，
它的毛茸茸脊背的标记是什么鸟。

2

不，你不对，我无法让自己信服你。
一个疲劳的雇佣兵身上有什么好？
凭我们美妙公平的定理，
审视自身，我被甜蜜得惊倒。

但在诗，这一微缩的影像，
袒露我的真实模样——
总是觉得，我偏爱于夜晚时分
站在水波潋滟的湖面之上，

为的是我的云霄与我接近，
我纵深望去，那里曾入住繁星。
我一双尘世眼睛浑浊不清

向那里坠入，平静地熄灭，
但那双眼里却激情显现
汇聚我头顶的星的花冠。

1919

“灵魂在歌唱……”

灵魂在歌唱，歌唱，歌唱，
这般的繁盛在灵魂里，
在这个年头，真的是
什么样的辩解也无济于事。

整个国度的教堂里——到处是棺材
是瘟疫，是利剑，是饥饿——
但我体内似乎有一轮太阳：
总有一件事情让我此等快乐。

应该说，这是我的耻辱，
但有什么办法，事实若这样——
灵魂置一切于不顾，
在歌唱，歌唱，歌唱?

1919 年 12 月 5 日

老　妇

蹒跚迟归的老妇，
拖着拖车，气喘吁吁。
刮着风，下着雪，
这曾是常有的事！去塔冈卡[①]观剧！
唉！
一块块露馅的馅饼——轻而易举吃下肚，
不管过什么节——都能把馅饼吃个足，
里面包着大米、鸡蛋和鱼骨筋……
喂，拖车走啊，糟糕的老太婆，动起来！
四周漆黑，伸出五指也看不出。
“唉，帮一把，年轻人！”
但年轻人急匆匆赶路，
穿的是发亮的簌簌带响的皮衣服。
年老的妇人跟在小伙身后

① 莫斯科塔冈卡剧院，隐喻着老妇人快乐而自足的年轻时光。

口中念念有词，哑哑地嘟囔着，
而她浑身发软，像是醉酒
但她并不曾把酒来喝。

这是夜晚，天明看到的是
昏暗的白昼，只待雪球打旋，
暴风雪也会疲倦……
我们走出屋——就在门槛边，
雪堆里露出
一双脚。
白色的床单，
覆盖着冻硬了的尸体轻飘；
民警用肩膀拨开众人，
依旧用那个拖车拉走
没有棺材的尸首。
他沉默寡语，而又
冷血无情，——老妇人
拖车里往家拉的两根木棍，
我们将扔进自家炉膛烤火暖身。

1919年12月7日

“我的理想！”

我的理想！从维夫列耶姆[①]远方
给我带来那些个时辰的气息，
就连牧童们也还不知晓，
天使们会带给他们什么样的讯息。

那里的一切都还赤贫、匮乏，原始：
夜晚；窒闷的畜棚；公牛粗重的鼾响，
角落里，倍受疮痂折磨的驴子，
在塌陷的饲料槽一侧蹭着痒，

而在槽里……不，我的理想，够了：
别诱惑亵渎神明的舌头！
我想了想——我既羞惭又心痛：
它习惯于把什么，把什么言说！

---

① 约旦河西岸的一个城市名。

这不是我能说得出口……

1920 年 1 月，1922 年 11 月

“不知为何总是这样：……”

不知为何总是这样：
夜晚，每当梦醒时候——
心像是从某个高处
突然间坠落。

唉！——我还躺在床上。只是
心在不合时宜地跳荡。
半明半暗中那钟面
从床头柜睡眼蒙眬地张望。

我可爱的灵魂，
我轻飘的灵魂
你全副身心在飞舞
只是感觉你贴着陡崖坠落。

1920 年 9 月 25 日

布伦塔河

亚德里亚的波涛！

哦，布伦塔河！

——叶甫盖尼·奥涅金

布伦塔，你这红褐色小河！
人们多少次把你歌唱，
多少回向你飞奔而去的
还有满带灵感的幻想！
都只因你的名字格外响亮，
布伦塔，红褐色小河，
你这虚假的美的形象！

曾几何时，我也曾匆匆步履，
去看你五彩光亮与色泽炫目，
我带着爱的情怀向你一路飞去，
浑身上下充满了幸福，

但迎接我的是一场痛苦。
布伦塔，我举目望去
见到的是你一股浑浊的水流。

布伦塔，从那个时候起，
我就爱孤身一人的浪迹，
穿着防水布制作的雨衣，
在稠密的雨中胡诌着诗，
任雨水将嶙峋双肩敲击。
布伦塔，从那个时候起，
我爱生活与诗的平淡无奇。

1920

磨　坊

一个被人遗忘的磨坊
坐落在杳无人迹的地方。
车队到不了它的跟前，
甚至是通往磨坊的路
也是杂草覆盖没了路样。

在淡蓝色的小河里
鱼苗儿一股浪花泛不起。
顺着嘎吱作响的楼梯
一位磨坊主走下来
戴着红尖帽，他上了年纪。

稍事停步，他听一听动静——
朝向远方做着吓人的手势。
在那里，森林后面腾起烟雾
翻卷得就像一根绳子

在百姓居所的上方游弋。

稍事停步，他听一听动静——
而后转身向回走去：
顺着吱嘎作响的楼梯，
他想看看闲置的磨盘
是如何静躺在那里。

为了几口面包和稀粥
这两块魔石终其劳损。
你放进磨眼多少食量
它就会吐出多少面粉，
而现在则是停工休整！

而此刻，陪伴磨坊主的是——
一片森林和一方静谧，
有的是入夜的一袋烟斗，
也有供人醉酒的小小杯盏，
还有窗前月光的生辉熠熠。

1920

“既快活， 又沉重”

既快活，又沉重
拖着老朽的身体。
此时膨大与成熟的是
天马行空和顺风得势的东西。

血管里的血并缓缓流淌，
双手自个儿耷拉在一旁。
秋天的苹果树矗立在四野，
沉甸甸的果实挂满树上。

年少的你们无法识清，
所有难以自已的温情，
茂密的枝丫带着这片情意
想将亲亲的土地重又触及。

1920

致普叙喀[①]

灵魂！我的爱！你表露着
如此纯洁的矜持，
拂动蝉翼般的双翅，
在此等的蔚蓝里，有时，

突然，我经不住幸福的痛苦，
将我们神圣的联盟爱抚，
我径自亲吻着双手，
对自己看也看不够。

叫我如何不爱自己，
脉管并不坚固，并不美丽，
但它该是因了能把你容下

---

① 普叙喀，希腊神话中人类灵魂的化身，以蝴蝶和少女的形象出现。||（小写）〈旧〉灵魂（同义 душа，дух）

而价值连城，幸福无比？

1920

“尽管对……”

尽管对逝去的以往痛惜
就让视未来之物为不必——
心怀刻薄的欢喜我在看
日渐迫近的时光遥远之地。
齐平的份粮，大家均等的运气
丈量出一个公平的世纪。
而一个温良恭顺的人——
依旧时常向天空看去。
于是孤独之神欢乐不已，
于是高傲为灵魂插上双翼：
他对不均衡予以珍视
并且渴望着获得胆识……
如今小草就这般萌茁
穿透花岗石板道道裂隙。

1920

“常常让人如此地匪夷所思”

常常让人如此地匪夷所思：
入夜时分，睡梦已曙光绽露——
心脏好像是突然地
从高空某个地方坠落。

啊，——我还没起床，唯有
心脏不合时宜地跳个不休。
半明半暗中我从床头柜边
模糊看到座机电话的拨号盘。

全然是悬崖峭壁的感觉
全身还在抖抖索索——
我的轻飘，癫痫的
我的亲爱的魂魄！

1920

“如何用我笨拙的口齿……”

如何用我笨拙的口齿道出
　　我全部的痛苦，满心的恶毒？
我的舌头成了兽或鸟的所有。
　　我的嘴已经缄口说不出。

今生我无所需求，
　　我感到蒙羞。
我命定要遭受这份
　　永久在火里头的折磨；

甚至以高傲与任性的死亡
　　我也挣脱不出；
它简直就是这样一条
　　绕远的生存之路。

1920

灵　魂

我的灵魂似一轮圆月，
它清冷而又明澈。

它在高空径自燃烧，发热——
可它烘不干我的泪珠颗颗。

它不为我的悲苦而心痛，
它听不懂我情欲的呻吟。

在这里我要遭受多少痛苦——
明亮的灵魂不屑知晓这一切。

1921 年 1 月 4 日

“看窗外……”

看窗外——我满带蔑视。
看自己——我自个儿也被蔑视。
我呼唤雷霆降世，
但上天让我怀疑。

我被白昼的光华拥抱着，
独自看见没有星辰的黑暗……
山脊上一只爬虫就这般蠕动，
被一把沉重的铁锹劈成几半。

1921年5月21—25日

日记摘抄

每一种声响将我的听觉刺痛，
每一丝光线让我的双眼难忍。
灵魂开始长出芽苗，
像是牙齿窜出于肿胀的牙龈。

芽苗长出后——它便
将破旧的膜甩到一边。
千眼的灵魂——隐没在黑夜，
而非天色清淡的短暂今晚。

而我，银行家，被流氓打伤——
仍旧躺在这个地方——
用双手掩住伤口，
在你们的世界依旧喊叫打斗。

1921 年 6 月 18 日

“我爱人类……”

我爱人类，爱大自然，
但我不喜欢闲逛游玩。
我着实知晓，平头百姓
读不懂我写下的诗篇。

我满足于小事容忍一晌贪欢①，
谛视赋予我悭吝命运之物：
抵在草棚上的那根榆木，
被长满结瘤的树林遮住。

从同时代人那里我既不期待
粗鲁的荣誉，也不期待压制，
但在阶地四周和在花园里

---

① 说的是贺拉斯所钟爱的母题。——见《霍达谢维奇诗集》两卷本。巴黎，1982. 注解部分。第279页。

我自个儿将丁香树丛修理。

1921年7月15—16日

燕　子

睁眼看——透过白昼你会见到夜晚，
它被照亮不是靠那张发烧的光盘。
两只燕子徒然地挣脱开去，
在窗前乱窜乱钻吱吱细言。

不是靠棱角分明的羽翼触穿
眼前那透明而又结实的膜片，
既不靠鸟翅膀，也不靠自由心，
飞身直上蓝天那边。

趁这浑身的热血没从情欲中溢溅，
趁你还没哭求得尘世的双眼——
你不会变成神灵。等着吧，直盯盯地看，
光亮如何四射，并不将夜色遮掩。

1921 年 7 月 18—24 日

罪孽与死亡

罪孽与死亡！这一短短话语
燃烧怎样的诱惑和多少慨叹满足！
罪孽与死亡全都是蛇信子一样蜇人，
而且只要是谁能逃离它们的刻毒，
那他的心头就会为避开别样的存在
珍藏这一隐秘词句——令人快慰的渊薮。

1921 年 11 月 2 日

“星星在燃烧，太空在战栗……”

星星在燃烧，太空在战栗，
黑夜于拱门的孔道遁迹。
　怎能不爱这整个世界，
　尊君那难以置信的赠礼？

你赠我五种失真的情感，
你赠予我时间与空间，
　我灵魂的变幻无定
在艺术的蜃景游玩。

于是我从一片空无中创造出
你的海洋，荒原，高山，
还有尊君太阳的整个荣誉
如此的夺目灿烂。

然而我突然轻率毁去

这所有富丽堂皇的幻术，

　有如一个幼小的孩童

将积木搭成的城堡拆除。

1921年12月4日

“偶然于心的智谋！”

偶然于心的智谋！你意味着什么？
　　对什么你能作出答复？
俘虏，你自己已经疲惫不堪，泪水涟涟；
　　你自己已经是走投无路。

你生就得经受尘世的历练，
　　面对白昼的施虐你无能为力，
你已经做好受伤害的准备，
　　就像落入火圈的一只蝎子。

1921

瓶塞儿

浓烈碘水瓶上的木塞！
它像你很快就朽碎！
灵魂就是这般无形地
　将肉体蚀尽烧毁。

1921

致访客

来看我时，带上你的希冀，
或是你超凡的俊逸，
假如你自己是神子，抑或带上上帝。
而把你小小的仁慈，留在门廊里
就像摘下你的帽子。

在这里，地球豌豆粒之地
要么是天使，要么把恶魔做起，
而人，——存在的目的不就是，
让人们可以把他忘记？

1921

别里斯克河口

这里，这空旷的畦田远处看得清：
小河对岸是草地，草地过去是森林，
这里，暴雨像条条竖起的黑色柱子，
在广袤无垠的天底飞跃穿行。

这里，彩虹用它那高高的拱顶
将教堂的十字顶尖遮蒙
未婚少女在她们云集之地
欢度自己的每一个节庆，

这里，有鹳鸟、沼泽、群蛇，
有陡峭的沙土河堤，
有司空见惯的乡村嬉戏，
有谈说收成的一个个话题。

而我却脚穿着沉甸甸的鞋子
踩踏着露水浓重的林中草地，

将彼得堡的浓雾满带爱意地——
让它们在斗笠下消失。

我将我无精打采的头，
俯靠向少女，绯红的玫瑰花朵，
我向它们呼出痨病的气息，
与之相伴的还有灵感，还有涅瓦河。

于是我在思索：无可奈何，
源自世纪，最致命的时刻，
无论是对于天使还是对于人，
这都是无可辩驳的法则。

于是那个非常给力的失败者
前额上有一颗博学的印记，
他也曾是一位普通的避暑客
居住在繁花似锦的土地。

他离开崇高的帝都
来到宁静的天堂玫瑰的谷底，
于是他给如烟似雾的双翼
带来蜕变的气息。

1921 年

“普叙喀！我可怜的普叙喀！”

普叙喀！我可怜的普叙喀！
她胆怯地屏住呼吸，
没有胆量也不想谛听：
因为她害怕听得入迷
在这折磨人的夜晚时分
沉寂无声所发出的预示。

唉！当一切都沉醉梦里，
灵感干吗向她反反复复
絮叨着它的皮蒂娅[①]言语？
平凡的灵魂经受不住
隐秘听得的沉重礼物。
普叙喀正前去把它接过。

1921

---

① 古希腊特尔斐的阿波罗神殿女祭司。此处为女巫，女预言家。

“朋友们，朋友们！”

朋友们，朋友们！很快，也许——
不是做梦，而是现实生活——
我会出乎意外地扯断
大家伙空洞言谈的思路。

于是我们听从的灵魂的声响
像是琴弓发出的悦耳长腔，
我突然向天空伸出一只手，
一朵小花在我的手中瑟瑟发抖。

于是我看到的将是花的世界，
并将发现一条铺满鲜花的道路——
哦，满心期冀你们和我一起
同步走进繁花似锦的国度！

1921

叙事歌

坐在我圆形的房间，
我，被当头照亮。
望着灰泥的天空
十六支烛光的太阳。

四周——同样一片光亮，
有椅子，有桌子，还有床。
我坐着——腼腆得不知晓，
我真该把手伸向何方。

霜染得发白的棕榈树
在玻璃器皿上无声开放。
带着金属声响的钟表
在夹克的口袋里但走无妨。

哦，我无奈人生的

守旧行乞的贫乏！
我该向谁讲说，为自己
为这所有的东西而可怜巴巴？

于是我摇晃起身子，
两手紧抱着双膝，
突然我开始用诗
半睡半醒中交谈与自己。

热情的话语说东道西！
什么内容也听不出就里，
但是声音比意思更真实
词语的强大非一切能比。

音乐，音乐，音乐
与我的歌吟相交织，
锋利，锋利，锋利的刀刃
让我受到强烈刺激。

我雄踞在自我的上方，
居高临下俯瞰僵死的声息，
抬起脚踩向地下的火焰，
举起头顶着流淌的星系。

于是我睁大眼睛看见——
睁大眼睛看到的或许是蛇——
仿佛听到野性歌唱的
是我所有不幸的家什。

于是我的整个房间匀速前行
朝向着舒缓旋转的舞姿，
于是有一个人穿过风儿，
将一把珍重竖琴递到我手里。

没有那涂满泥灰的天空
没有太阳的烛光十六支；
抵住光滑的黑色岩石的
双足——属于俄耳甫斯。

1921

丽　达

她不懂高尚①语言为何物，
但却有一双白皙高耸的双乳
从她那薄纱头巾的底下
感觉得出令人销魂的思慕。
有时候她踏着赤足，
略略眯斜她的双目，
但一颗心更加真诚地
飞向双目含混的向往处。
当她的女友们歌唱于
夜半时分的篝火旁，
她一声不吭，双手十字合就，
但却希望把歌唱到天亮。
凭借劫运在即的情欲反应
她能听懂吉他的伴奏，

① 这里的高尚和高耸为一个词，即 высокий.

有人说，就女人良知而言
她有不少的污点——
还有不少过往夜晚的纵欢——
唯有我，没能用我约定的
敲击台阶的声响将她唤出门庭，
我既不为爱情，也不为戒指
买下她一个个夜晚。
但我喜欢她的出现，
当黎明前的黑暗
淹没沉睡的村落：
她在遥远处走过
勉强听得见，几乎闪着光，
如同一个堕落的天使
任意将身子交付。

1921

诱　惑

"不需要美丽。够了！
卑劣的世界不配去放歌。
不要让塔索夫长明灯太亮，
代代扬名的朋友，荷马，你将被遗忘！"

"革命同样不需要！
它无意间引发的争斗
被戴上一种光环去褒奖，
被当成一种自由去出售。

饥肠咕噜的男儿在广场
徒然预告世界大同的来到：
衣丰食足的公民
不想把糟糕的消息听到。"

"自满幸福的公民啊，

头顶是一堆褪了色的旗帜，
他径自将粗野和暴利的
疮痂挠出血迹：

‘滚到一边去，别砸了我的生意兴隆。
我既不是资本家，也不是富农，
我不会把白天的进款藏至
自由的赤色尖顶帽子里。’”

“灵魂！去寻求天下的乐趣
不要观众生，不要看尘世，
在这里，在被玷污的胸口
你感受到了生疼的拥挤。”

“一颗恶毒的心就这么
将普叙赫纯洁的向往诱惑。
就连普叙赫也如是答复：
凡界，你知道天界什么？”

1921

暴风雨

暴风雨！在愤怒咆哮的海面
你正在把一大群舰队追赶，
你搓捻着乌云，倾斜着桅杆，
将船舰的遗骸托上穹天。

你将河水改向倒流，
将浮箱抛掷悬崖上面，
你在一位老妇人那里
抢走一把被风吹翻了的旧伞。

你将百年小树林拔地而起，
你用冰雹抽打着农作物——
只是你给英明的人物①

① 指别雷，1921年6月13日傍晚别雷前来看望诗人，并将刚写完的诗作《第一次幽会》念给诗人听。

既带不来快活，也带不来悲苦。

这位智者向小窗走近，
瞧雷电如何敲打窗棂——
于是他微闭上
一双不耐烦的眼睛。

1921

“如果我长久地活在人世……”

如果我长久地活在人世，
应该是一个个白昼行将耗尽
各种诱惑的网将会
从我不幸的灵魂消隐。

将会是何等的沮丧，
当非人间的欢快与欣怡
已经在你的发间奔跑，
你自己难道还将幸福期冀？

眼睛在休息，听觉已不灵，
人生的美好遁入隐秘，
近乎自由的灵魂
尽情畅意地把天空呼吸。

1921

音　乐

爵士夫人

爵士夫人久久地洗着手，
爵士夫人用力地在擦手，
这位夫人没有遗忘
血迹斑斑的海湾口。

夫人，夫人！您就像鸟儿一只
在无眠的合欢床上辗转反侧。
您已经大约三百年难以入睡——
我也约莫六年同样夜不能寐。

1921

夜 晚

足下路滑，咯吱有声，
下起了雪，刮起了风。
我的天哪，何等的惆怅，
我的上帝，多么的疼痛！

你月下的世界这般笨重，
况且你竟施善不能。
如果世上存在死亡，
你何苦这等宽广无垠？

谁也言说不清，
暮年何以来临
我还想去游荡，
去听信，去挨冻，去歌吟。

1922 年 3 月 23 日

“我不相信尘事的美”

我不相信尘事的美
我不希求此处的真
我不教我吻亲着的她
将世俗的幸福追寻

在温柔的胴体上
我的刀刻下鲜红的创伤
让我亲吻过的双肩
重振一双高翔的翅膀

1922 年 3 月 27 日

“朝圣者走过……”

朝圣者走过，拄着拐杖——
不知何故我想起了你。
四轮马车转动着红轮奔驰——
不知何故我想起了你。
每等到晚上走廊里电灯亮起——
我一准会把你想起。
在陆地，在海洋，抑或在天空，
无论发生什么，——我都回忆起你。

1922年4月11（或13）日
彼得格勒

“几乎无……”

几乎无生存与歌吟之必要，
我们在短命的粗鲁中煎熬。
裁缝在缝纫，木工把房造，
针脚在开裂，房屋在塌倒。

只是偶尔透过这朽物
我满带感动突然听出
这朽物中内含的搏动
全然是另外一种生活。

一个女人，就这般送走
人生的忧愁，
朝向我肿胀的腹部
关爱地搭上动情的手。

1922年7月21—23日
柏林

斯坦司诗(常常是，我在想：为了一刹那……)

常常是，我在想：为了那一瞬
搭上一年，两年，一生……
老奸巨猾的人并不懂得
他入错群的行为不值毫分。

如今别样的时光已经来临。
双唇周围已经布满了皱纹，
我的分分秒秒贵重成金，
我变得聪明、严苛而又悭吝。

我见得多，我识得广，
我的头发已经白色苍苍，
我在留意星星的行程，
我也听见草在如何生长。

您不曾见到的每一道光明，

您不曾听见的每一声梦呓
都在丰富着坠入谵妄的、
讲说不明的普叙喀阅历。

此时此刻我让自个儿蒙受委屈，
因为我在衰老、佝偻，但我在积聚
此等温柔憎恨的一切
还有如此刻毒爱的全部。

1922年8月17—18日

“户外半暗半明”

户外半暗半明。
屋檐下有个窗户砰的一声。

一道光一闪即逝，窗帘被撩开，
一个人影迅疾从墙上掉下来——

幸福啊，有个人头朝下栽倒：
他瞬间把另一个世界见到。

1922 年 12 月 23 日
萨罗福

“他没有睡去，只是忘记：……”

他没有睡去，只是忘记：
就有这样不幸的人。
就连疲惫也合不上
这双发了炎的眼睛。

不管何时，无论何事他都梦不见，
因阴曹地府总是钻入他的眼帘。
难以忍受的寂寞，如同一座医院，
有如一件上衣，穿得坏出了洞眼。

1922 年 12 月 26 日

“跨过去， 跳过去……”

跨过去，跳过去，
飞过去，怎么过去由着你来——
只是要快：像投石器发出的石块，
像一颗星，迅疾奔入黑夜……
你自个儿丢失，——现在去找回来……

天知道，在找眼镜和钥匙的时刻，
你在低声自语着什么。

1922

“不是母亲把我喂养大……”

不是母亲把我喂养大，
是土拉农妇叶莲娜·库金娜。
是她在火炉上为我烘热襁褓，
夜间为我的噩梦画十字祈祷。

她不会哼歌谣，不会讲童话
但我今生今世记得那
白铁皮包面的宝箱里，
有维亚兹玛，还有薄荷马①。

她没有教我如何祈祷，
但她满足我无尽的需要：
给了我她苦难的母爱，
给了我她一切的珍爱。

---

① 一种长方形夹馅饼干，最早生产于俄国维亚兹玛城。薄荷马也为一种动物形状饼干。

有一回，我从窗户栽下，
却活着回家（这一天我怎么忘得下!）
是她送我到伊维尔医院
揪心奇迹般抢救，点着廉价的蜡。

这就是俄罗斯，“如雷轰响的强国”，
我用双唇急切扯吸着她的乳头，
我吮咂出的是令人痛苦的权利，
我爱你，同时也把你诅咒。

在那本荣誉的功劳簿，在那份
我时刻奋求的圣歌的幸福里面，
我的老师，是你创造奇迹的天才，
我的乐园，是你的魔力般的语言。

面对你羸弱的子孙后裔
我仍旧时而骄傲得起，
你的语言世世代代传流，
我更怀爱心与妒意将你守护。

时光飞驰。未来非我需要，
过去的岁月在心头焚烧，

然而隐蔽的快乐依旧还在，
我的庇护者独一无二：

在那里，在被蛆虫吞噬的心中，
有颗爱我的金子般不朽的心，
和沙皇霍登①客人躺在一起的她，
就是叶莲娜·库金娜，我的奶妈。

1922

① 霍登场事件，指一八九六年尼古拉二世加冕时，在莫斯科霍登场发生挤死人的事件。

新　娘

在尘世地狱的黑暗通道，
青草徒然地抽出芽苗，
受制于一种敏锐见解
古风存留的大自然死样寂寥。

我不知道造物主的希求，
但我知晓自己遭受的痛苦，
我以一个歌者野性的自由
去将一份粗鲁的判决接过。

寡言少语的人，你看，并请判定：
少女像具死尸躺在那里，
然而当我触抚她的双乳——
她站起，看镜子里的自己。

我拥过因我复苏的美丽，

如同获得一份珍贵的厚礼——
我抱着我年轻的未婚妻
登上祭坛敬供你的王位。

请将垂落下的双眉捋顺。
请专注于这尊圣洁的作品，
请赏赐于我们永久的爱情，
还有贞洁的心心交融。

假如从你的尊位迈下阶级，
走向不带祝福的奇迹——
彻头彻尾永不复苏的死亡
则将是我的少女立像。

1922

吉赛尔

是的，是的！在盲目温柔的情欲中
　经受许多痛苦，经受诸多煎熬，
将心撕成碎片，如同撕碎一封信，
　先是发疯，而后死掉。

　结果又能怎样？不得不
　将头顶的墓石重又移开，
　在月青色的舞台
　重又蹬着纤足去爱。

1922

在海滨

一

我躺着，像一条懒惰的变形虫，
我将左眼眯缝，
望着搪瓷的天空，
犹如一只翻倒的脸盆。

依旧是那个平常的世界，
依旧是那种贫简的装潢。
激浪被飞溅的泡沫裹挟
奔向缓坡的海滨浴场。

一间平常的更衣棚泛着白色，
女人的裸肩被晒得黝黑。
何等硕大的洗脸池！
太阳又是怎样地在蒸发热气！

在晒得发烫的沙地上，
乳白色的草儿
带刺的一簇簇，直立着，
很难说是死，也不能说它活。

无人认得的该隐①走过沙丘，
他被炎热折磨得疲惫不堪，
他从强身健体的人中间穿行，
一枚湿疹②镶嵌在眉宇间。

二

他经常坐在烟草店里，
沉湎于简朴的生活样式；
他头戴宽边低盔头草帽
他的身影映照在橱窗里。

像一只粘在纸上的苍蝇，

① 《旧约》中说，该隐乃亚当之子。他是《圣经》中的第一个杀人者，在霍达谢维奇笔下成了不死之人。诗人借用了基督故事中的人物阿哈斯维鲁斯，这位耶路撒冷的鞋匠，因为他打了受苦受难的耶稣，被罚在世上永远奔波不止。霍达谢维奇把这个故事移到该隐身上，他和渔夫们在海上漂游，但永远不会淹死，成为肉身不死的人。他过的是贫穷而又游手好闲的生活。

② 该隐杀死了自己的兄弟亚伯，上帝在他脸上做了个记号，即湿疹，以示惩戒。这种病也为诗人霍达谢维奇本人所得。

一张并非本地人的面孔
歪斜着，甚至胆战心惊
做出当下人恭谦的笑容。

他很贫穷，但是讲究整洁，
每次去海滨浴场之先
他都要用一支画炭笔
涂抹去衣着上斑斑点点。

他忘了一切。如同背着行囊的骡子，
闲逛于我们的时光，
有时候它甚至仔细阅读
路旁的一个个电文报廊。

他喝着啤酒在品味，
女士们狐步舞的美姿——
突然他一下子力衰气竭，
就像突发了心律不齐。

经历了什么？已经忘记。不可思议，
怎么可以活在这等惆怅里！
他跳起身来。走过去，疾步飞穿，
迎着风，踏上了海岸之地！

宽大皮夹克摆动着——
压止住他的呻吟，
借着欧罗巴的如墨夜色
他把双臂用力弯向背后。

三

他和渔夫们奔向大海。
甲板上一躺就是一整天，
他沉默不语——用熏得发黄的牙齿
叼着过滤嘴香烟。

船身晃得人东倒西歪。一切让人难过：
无论是风，还是天空的辽阔，
在那里摇晃的桅杆绘制着
弯弯曲曲的，等边的图册。

向晚时分暴风雨倾盆而降。
哦，暴雨中他那么惆怅，
雷声大作，狂风肆无忌惮，
将整个苍穹覆盖布满。

啊！在折断了的绳索边

他并非第一次聆听，
玛利亚的渔夫们在祈祷，
向着祖护人，海上众神！

他并不是第一次，不是第一回
从黑暗中向人们倾吐块垒：
“这里的玛利亚或许不是玛利亚——
我们不会沉下去的，不用害怕。”

天快亮的时候，半是散架的小船
踏着平息下来的波澜，
冒着轻烟，开始驶向它
曾经驶离的沙石海岸。

成群的妇女迎接她们的
父亲、丈夫，还有儿男。
他用他那沉重的步态
拨开她们走到另一边。

走进山中，他将冰冷雨水
撩到自己的脊背上面，
他转身离去，头也没回
朝向那个幸福的场面。

四

难堪的忧愁从清晨
将他击碎，苦闷占了上风。
不知谁的一叶扁舟摇曳海面，
听得见孩子们在沙地上叫喊。

他在咖啡店某个边上坐下
见到两个大胖子兴致颇高，
他们捧着一张报纸
讨论着列车时刻表。

太阳喷溅着炽热的爆炸，
转动成一个硕大的轮子。
他从牙缝里嘶哑地说了声：还是住口吧！
并用干瘦的拳头桌子敲击。

他把小铁桌掀翻。
碰翻的还有自己的杯中啤酒。
无用的东西——一无所用：
却还仍然存在与继续。

一条流浪犬被他盯上

整个一天都跟在它身后闲逛，
向晚时分，在临近海边的黑暗里头
遗落的还有那条就像影子似的狗。

就在这时他被某个东西猛然抓住
他被蒙骗，他胡言乱语，
他被弄得神志不清，他被捻住，
他被举托起，他被扔出去：

大地从脚下消失，
眼前是一团漆黑，
着一双七俄里的靴子
迈过高山，趟过大河。

1922—1923

自　题

别等待，别指望，别相信：
现今有的，未来悉数再现。
　合上你疲惫的双眼，
也许在诗中才有靠山，
但要记住，对于斧头说来——
剃掉脖颈的时候也将来前。

1923年4月23日

“我出生在莫斯科”

我出生在莫斯科。不曾见
波兰屋顶上的炊烟袅袅。
连连着故园亲情的护身香囊
我父亲也未能对我遗交。

我，俄罗斯的拖油瓶儿子，自己
尚不知对于波兰我算作什么，
但在不多于八卷本①的书中，
那里有我全部的祖国。

你们不得不把脖颈伸进牛轭
生活在流亡与思念之中。
我将我的俄罗斯随同
我的旅行袋一同带走。

---

① 指的是普希金八卷本文集。

你们要的是祖国粗俗的遗骸，而我，
无论身在何处——有个黑人[①]总向我
启动神圣的双唇低语
她的前所未有。

1923年4月25日

① 指的是有着非洲血统的普希金。

“一切都是石头砌造”

一切都是石头砌造。夜正消隐在石砌的
通道。楼房单元入口，大门两侧——

一对情侣黏在一起——如同一尊石雕。
粗重的喘息。呛人的雪茄味道。

钥匙插在石缝里叮当，穿钉铿锵作响。
请去石子马路踱步到五点前回房[①]，

等着吧，尖利的风会穿行于笨重柏林的锁孔
把一支支埙笛[②]吹得如山石轰鸣——

---

① 据诗人、翻译家维克托·安德烈耶夫回忆，“去石子路上踱步五点前回房”是那个时候柏林俄侨生活的一个主要特征。忘了或是丢了房间钥匙的人夜间是无论如何也进不了自己房间的，大门都是锁得死死的，而房管人员常常聚集在豪华房子里吃喝玩乐，他们像石头一样冷漠，你是求不动的。——译者

② 此处指形状像锁。——译者

于是粗野的白昼从楼群升向

俄罗斯都市后妈①的头顶上。

1923年9月2—3日

柏林

① 作家爱伦堡回忆，“霍达谢维奇当时身处的柏林，一条条长长而寥落的街道，四野是粗野的艺术和炫目的车流，酝酿着革命和第一批法西斯者的腾腾杀气。诗人霍达谢维奇以一个俄罗斯人的目光审视着眼前的柏林之夜，觉得难以理解这位‘俄罗斯都市的后妈’，在它的学堂里正坐着循规蹈矩的孩子们，20年后他们将会把俄罗斯都市的亲妈抽打得皮开肉绽。在这里，霍达谢维奇就像大部分俄罗斯作家一样，背绳墨以追曲于柏林生活……”

盲　人

一个盲人摸索前行，
用竹竿将前路探明，
他小心翼翼挪动脚步
且边走路边喃喃自语。
而在盲人的眼睛里面，
整个世界都被反射呈现：
房屋、草地、奶牛、栅栏，
还有一片片蔚蓝的天——
他见不到的一切都在眼帘。

1923

“一道金光突然从乌云里闪射……”

一道金光突然从乌云里闪射
将一张小桌，一杯凉茶染成金色。
放慢你的脚步，冬日的星球，
别坠落在黑色的小树林后头！

让我们兴高采烈于绯红的辉煌，
把勤勉的鹅毛笔写得吱嘎声起。
我的现实处境发出的所有叹息
都跳荡在它那急促的喀喀声里。
它从裂开了的笔尖上奔跑着
像一股惊惶而针刺的电流
——在一页宽大的纸面上
我现身……哦，不，这不是我：

只是崎岖险峻的疆界，
那些顶垂线的侧面影录，

我的精神痛苦又鲜活，

在它登天坠地之处。

1923

“如何掌控住命运这个傻瓜？”

如何掌控住命运这个傻瓜？
不断做着自己的事情——哪怕是哭啼。
全神贯注而又愁眉苦脸的小提琴家
正运用自如地将琴弓调理。

小巧的提琴用它那动听的嗓音
正在吱嘎有声地歌吟。
就连上帝自己也不会将它追究——
因为它对今世的一切都满不在乎。

1924年4月
罗马

“趁着灵魂处于年少之激情……”

趁着灵魂处于年少之激情，
请以纯洁无邪之心将它坦陈，
无畏地将它神圣的叛逆情怀，
诉说给絮絮叨叨的心弦去听。

假若你难以忍受和怀有憎恨，
你就发布宣告与放肆吹嘘
为新的真相所立下的赫赫战功——
要知道这些就是你新的建树。

而后，当你对自己的灵感
略有些失望的时候，
请你对着螟蛾翅膀上的花粉
为平常的啜茗而讴歌。

充满信心和整齐划一地去酿酒，

词语的招之即来的烈火，
平心静气构想出来的世界
你去祝福或是去诅咒。

临近终了你去打听一下，多么奇妙
一切突然要重新弄个明了，
习惯了言语表达却又要沉默，
让人欣喜若狂却又难以做到。

1924 年 8 月
好莱坞

仓　房

我懒洋洋走过一个个大厅。
真相和美丽让我心生恶心。
还有一些没见过的怪事，
说实在的，事先我已知情。

有点沉重，甚至带有几分沉痛
又有哪一次是心灵的生活？
在时光飞逝而过的时候，
有个人梦见过这些风景画作。

为人所独有的才能一直在涌动：
一会儿上，一会儿下，并在说：
爬高上下已经让我
可能会是精疲力竭。

不！好了！看着一排排圣母画，

眼皮已经发重——

令人庆幸的是，药店里

出售有酸味的匹拉米洞。

1924

照镜子

Nel mezzo del cammin di nostra vita①

我，我，我，多么粗野的字眼！
那里面的那个人莫非就是我？
难道妈妈爱的就是这样的我，
面色灰黄，头发半白半灰，
而且啥事猴精，就像一条蛇？

难道在奥斯坦金诺度假的小男孩
难道在别墅舞会跳过舞的小男孩——
就是我，那个黄口小儿用他那
每一句答话引起诗人们
厌恶、怨恨，还有惧怕？

难道就是那个将自己的孩提般的

① 意大利语：在我们人生的半途中。

伶牙俐齿全都用到通宵吵架的人——
这个人恰恰就是我，就是他
学会了沉默不语与谈笑风生
将那些充满悲剧的交谈应承？

话又说回——就这样总是处于
罪恶尘世的半途：
鸡毛蒜皮的小事一件又一件，
而如你所见——在荒野中迷路，
甚至找不到你自己的落足。

是的，并不是一头豹子跳跃着
将我驱赶至巴黎的阁楼里。
我的身后没有维尔吉利①——
有的只是孤独——在说真话的
玻璃窗户框里。

1924

① 多为 Вергилий。古罗马诗人维尔吉利。

朝向院落的窗户

一个倒霉的傻瓜，今早起
在水井边扯着嗓子哭诉，
可我没有闲下来的鞋子，
拿它向这个傻子掷去。
……

饭锅、盘子、钢琴发出连天声响，
保姆们哄着哭叫的孩子进入梦乡。
一个聋子满脸带笑坐在小窗户旁，
他在自己的无声世界里陶醉痴狂。
……

一翘鼻子演员对着落满灰尘的窗间镜
一边亲吻着一幅幅肖像，一边在写字——
他虔诚地、力求真实地表演人物，
不管他离开人世已经是第十六次。

……

父亲已经戴上礼帽，穿上大衣，
但又转回身来，脸白得像死尸：
——就得打孩子一顿巴掌，
因为他不喜欢喝洋葱汤！
……

满脸胡茬的老头儿将床推移，
正卖力地往墙上钉一枚钉子，
但来访的客人已经蹬着楼梯，
今天一准儿让他干不成活计。
……

一个工人躺在围满鲜花的床铺。
眼镜放在桌上，铜币将两眼盖住。
手掌重叠而放，颌骨包裹着纱布，
今天就要去冰库，明天火化结束。
……

说得对就认账！终究不能强制
将小姑娘拖到床上！
应该先给她读几行诗，

接下来请她把红酒品尝……

……

水在墙的深处发出尖叫：

应该是，流水不畅在管道，

总是憋闷，总是暗无天日，

这般的黑暗，这般的憋闷至极！

……

1924

星　星

上面是用来幽会的廉价房。

下方乃造价低廉的聚赌场①

四周一片黑暗。坐满了看客。

翻看骰子并等待输赢的时光。

一位嘻嘻笑着，一位打了个哈欠……

然而秃顶的败将

将拐棍高高挥扬。

灰暗的边缘已经被扒拉开，

就这样——透过烟草的烟雾——

还有探照灯绿色的光芒。

在舞台前部，半明半暗的台上，

红脸蛋的戴着高筒帽的野汉子

把包满金牙的嘴大张，

正将一首关于星星的歌高唱。

---

① 也叫卡基诺。

伴着两张床的曲调
朝向褪了色的天上
有失体统的姑娘们正在
跳着环舞，满带着她们的淫荡。
极地的星星在游浮着
穿过云层，穿行在仙境般天堂
手舞一柄中国式的扇子
（将微笑洒向四面八方）。
在它身后七颗星——北斗星
有的消瘦，有的肥壮，
蹦蹦跳跳，却也脚步匆忙，
摇晃着十四颗胸膛。
于是它把衣服扒得个精光，
钻石般的发辫熠熠闪亮，
一颗双腿干瘪松弛的彗星
忽地在星群前疾跑奔忙。
士兵们和裁缝们一边看着
那东拉西扯的杂乱无章
戏耍着一个个脂质聚束
在大腿上才有爱之星①闪亮。
星星跳着舞癫狂着前来，

① Etoile d'amour。法语：爱之星。

乐队轰响，傻瓜在歌唱，
黑暗到光明，光明到黑暗
钻石的吊带正四处飞翔。
一切于瞬间坠入了洞穴，
却又升上苍穹上方——
就这样，你的第四日
倒映在何等可耻的水塘！
你的燃烧着光荣之星的世界
重塑整个人生靠的是理想
焕发着最初那样的美丽
哦，圣明的主，劳作并非轻松顺畅。

1925

日记摘录

（“活着想必也很美好……”）

活着想必也很美好，
按你对生活的理解
是在洗脸盆和停尸间奔跑，
什么时候灵魂的折磨
既来自厌恶，也来自狂热心跳？

许多难解之事的重负
越发频繁地压迫着沮丧的期望——
最终你仍这么犯傻，
就像一个求知欲旺盛的铁匠
把一本启蒙小册子读个周详。

该是不在人世，却在人世逗留，
该是不眠之际，却把梦乡沉入，
睡得像个前庭饱满的胎儿，

像是套上母体内的胎衣

再度被柔软的永恒包裹。

1925

“有的人……”

有的人因有诚实的妻子而幸福，
去娼妓那里破门直入。
有的人因最后的公正而正确，
他无谓地去
把空洞的正义追逐。

1925 年—1926 年

“曾几何时……”

曾几何时灵魂它透过
灾难的粗野轰隆
听见你纯净的嗓音，亲切的吁呼……

不，是诅咒还是神赐，
理解不了，猜想不出——
但给我们的是歌唱与夭亡，
歌唱与夭亡没有两样。
就连一个个美好的瞬间
我们都作为祭品奉供于声响——
有什么办法？我们是因歌唱而夭亡
还是因夭亡而歌唱？

我们没有常人眼中的幸福。
生来唱歌的人，

注定在歌声中夭亡……

1926 年—1927 年

约翰·波托姆

一

约翰·波托姆曾是一位出色的裁缝
　　整个乐思屯城无人不晓他的大名。
他裁剪得体，缝制结实
　　而且要价公平。

二

他和他心爱的妻子
　　住在整洁的小房子里
一会儿使针线，一会儿用熨斗
　　整天忙碌不息。

三

Заказы Боттому несли
　　Порой издалека.

Была привинчена к дверям

　　Чугунная рука.

常常是十里八乡的顾客

　　都来找波托姆做衣服活。

钉在门上的是

　　一个铸铁的把手。

四

咚咚咚咚——找他做衣服的敲门声，

　　梅丽这就去给开门——

波托姆，你拿上铅笔哈，

　　记下来量的尺寸。

五

Но раз... Иль это только так

　　Почудилось слегка? —

Как будто стукнула сильней

　　Чугунная рука.

但有一回……出现了幻觉

　　也许是这样——

像是铁把手

　　把门敲得更响。

六

是你永远的诅咒，
一九一四年！
随后便到了波托姆这里，
就像依次降临所有其他人跟前。

七

于是忠实的约翰
与忠实的梅丽告别了一整日
并且一整天他都在
绕着小房子看个仔细。

八

就这样梅丽让他感觉特别可爱，
而且小房子也这么的温馨安泰。
可是想这些做什么呢？反正：
你又不能把它随身携带。

九

波托姆拿过妻子的一张小照
还有她的头发一绺，
一天后一艘轮船

把他运到了一块大陆。

十

Сражался храбро Джон，как все，

Как долг и честь велят，

А в ночь на третье февраля

Попал в него снаряд.

遵命视打仗为义务和荣誉，

波托姆像所有人一样，骁勇作战，

而就在二月三日这个夜晚

落向他的是一枚炮弹。

十一

一个弹片将他的胸膛刺穿，

就在那一夜他离开了人间，

而他的右手

被炮弹炸飞到一边。

十二

德军把我军炸得七零八落，

向着战壕纷纷拥入，

约翰的尸体清早被抬走

而后被装进一口棺木。

十三

人们从一俄里处

　　找到一只死人的手

于是放在了他的胸脯……

　　悲催的是，不是他的那只手。

十四

Рука—то плотничья была,

　　　　В мозолях. Бедный Джон!

В такой руке держать иглу

　　　　Никак не смог бы он.

可怜的约翰！这是一只木匠的手，

　　一只满是老茧的手。

他的那只手是拿针的手

　　无论如何也不可能是这只手。

十五

于是他的灵魂在天国

　　愤懑不休：

“凭什么给我安木匠的手？

还我一只我自己的手!”

十六

“我用我的手裁剪衣服二十个年头

什么样式的衣服我都缝制过！

这只手是用来拿绿松石绕圆箍线，

没有它我还算是什么约翰！”

十七

“Пускай я грешник и злодей,

А плотник был святой, —

Но невозможно мне никак

Лежать с его рукой!”

“就当我是个作孽的人和凶犯，

而木匠却是神圣不可侵犯——

但我是无论如何也做不到

带着别人的手躺在阴间！”

十八

就这般，在高天的极乐世界

约翰仍感到悲伤难过，

但是他的声音被

天使们赞美的合唱所淹没。

十九

А между тем его жене
　　Полковник написал，
Что Джон сражался как герой
　　И без вести пропал.

与此同时
　上校写信给约翰的妻子，
说约翰作战英勇
　但下落无从寻觅。

二十

　孀妇哭了两年：
　　“嗷，约翰，我心爱的约翰！
我连你的坟墓都无法找见，
　你的尸骨安葬哪边！”

二十一

Ослабли немцы наконец.
　　Их били мы，как моль.
И вот-Версальский，строгий мир
　　Им прописал король.

德军终于势力减弱。

他们被打得如同虫蛾。
就这样，国王与他们
签下威严的凡尔赛合约。

二十二

А к той могиле，где лежал
Неведомый герой，
Однажды маршалы пришли
Нарядною толпой.
有一回，一众
着装整齐的元帅高官
来到那座躺着
无名英雄的墓前。

二十三

让人敬重的约翰被挖出了坟，
他的遗体被运到伦敦，
伴着礼炮和红旗的猎猎有声
他在修道院入殓安身。

二十四

国王本人走在灵柩旁，
所有人都在哀哭。

约翰从天国走近
　迎接这份尽有的荣誉。

二十五

他开始略感自豪
　甚至为自己的命运。
有一件事让他伤心之情犹存，
　不幸只有一件，一只手非他本人！

二十六

　那曾是一只木匠的手，
　　　布满了老茧……可怜的约翰！
他的手是只拿针的手哇
　　说那是他的手无论如何也不能。

二十七

许多哀伤不已的母亲，
　许多忠贞不贰的妻子
每天络绎不绝来到他坟前
　向他鞠躬致意。

二十八

只是老也不见梅丽的身影。

四季轮回，交替前行——
在遥远的勒斯屯市
她一直就是这样泪雨纷纷：

二十九

“你撇下了属于你的梅丽，
嗷，约翰，狠心的约翰！
哎呀，就连你的坟墓找也不见，
你的尸骨现今葬在哪边！”

三十

她的伦敦邻里不断来信说，
说修道院那里躺着
一个孤独的不知名的男子
他是大家共同的父亲、丈夫、儿子。

三十一

但梅丽哭叫着：“去那里我不干！
我只忠实于约翰！
我干吗要一个与我无关的男子？
我是约翰的妻子！”

三十二

这一切都被天上的约翰看见
于是重又发出了怨言。
他甚至打定主意
来到使徒彼得面前。

三十三

于是他这么说道："使徒彼得，
我道听途说，
死人降临人世
常常是在夜半时刻。"

三十四

"请你稍打开点儿你的圣障，
就让我想想办法
以鬼的模样现身在我妻子面前
只为跟她说几句悄悄话，"

三十五

"就说这是我，这就是我，
并不是别人，而是约翰
我被人殓在修道院

那块无名的石板下面。”

三十六

“我告诉她。这是我，是我
躺在憋闷的棺材里头——
随我同葬的有一只让人生厌的手，
挤进棺材的黄土堵住了我的口。”

三十七

使徒彼得晃了晃一串钥匙
威严地开启尊口：
“这用于戴罪的鬼魂。而你嘛——
万万不可，万万不可。”

三十八

约翰·波托姆无言，
怀着不可思议的烦闷走向一边，
从那时起他终日苦恼不堪，
天堂对他也无力回天。

三十九

他的阴魂安放在阴间田园
阴沉而又忧郁愁烦，

他的棺木庄重体面

　　可他看也不愿看上一眼。

1926

留声机

孩子在睡觉，当留声机总是
　　把《特拉维阿塔》[1] 声嘶力竭地号叫。
在号啕和吱轧声中什么样沉醉的睡梦
　　能挤入他被音乐亢奋的大脑？

突然间母亲把唱针从胶片拿开——
　　睡梦被中断，孩子醒来了，
他哭叫着，死样的寂静
　　从黑暗的角落向他围拢来……

哦，不要用你威严的静寂
　　把我们的内心惊倒！
别把睡梦中断——我们祈祷

① 意大利歌剧名，意为“迷途的女子”。

为了永久的夜晚，为了繁星漫天照耀。

1927年12月6

巴黎

悬　崖

对你们我既无只字可讲，
在我心中也发不出声响。
往日可怜的梦境，
乃陨灭岁月的友人！

很可能，我已经死去，可能
那个曾经与你们共度时光的人
已经被抛进新的世纪年轮。
于是我只是层层海浪的汹涌，

向着一个个礁石奔去，
碰撞得血迹斑斑，但生命故我——
于是我从遥远处凝眸，
看你们如何步入潮落。

1927年12月14日
巴黎

“在阴晦的冬日……”

在阴晦的冬日
——她拎着布袋，他提着箱子——

沿着汪有雨水的巴黎石块
妻子和丈夫一瘸一拐。

我久久跟在他们后边，
他们来到了火车站。
妻子不吱声，丈夫也无言。

我的朋友，还需言说什么？
她拎着布袋，他提着箱子……
脚跟着脚，形影相依。

1927

纪念碑

起始在我，终结在我。
我完成的事情堪为不多！
但我依旧是牢固的一环：
这就是上天赐我的幸福。

在新的，然伟大的俄罗斯。
在两条道路的交叉口，
竖起我两副面孔的神像。
那里有时光，风和沙丘……

1928 年 1 月 28 日
巴黎

葬　礼

（十四行诗）

额——

粉。

棺

白。

牧师

吟念

一束

银箭——

白日

神圣！

墓穴

盲洞。

影子——

朝向地狱！

1928年3月9日
巴黎

我

当我被乌黑的板车拖进
上天的审判庭，

看见我的面孔
一颗颗空虚的心在发窘。

这张脸隐秘赞赏这一颗颗心
嫉妒的恐惧油然而生。

落在行进队伍的后面，悄不声
把自己想象成一个死人，

于是面对橱窗的一扇扇玻璃
我们中，一个人，也许不止

就这般偷偷地抿紧双唇，

摆出傲慢姿态一声不吭，

于是我的一只眼睛半眯缝着，
为的是看见另一只眼紧闭着。

但那道隐秘的光（或是半明半暗）
却不能把怪癖包庇偏袒。

绯红色面容没有显现出来
我的痛苦和我的强大所在：

在我的洞察一切的苍白上
既没有一丝安息的迹象，

也没有曾经将我
舔吻的残忍灯光。

我不会将自己最后的体验
去对着别人投放……

就请你们不要把死者模仿，
如同不要模仿诗人一样。

1928年5月10—11日
巴黎

快　活

依稀记得的一次高兴，
一个夜晚的纵情狂饮；
狂吃海喝，——酒醉饭饱，
海喝狂吃，——又再次想要。

醉眼迷离的人生
实在是裸露入微，
就像坐在他身旁
女人柔韧的脊背。

我看见沿着纤细脊梁
滑动着一节节环骨，
我瞬间将面庞贴上——
香粉飞进我的口腔。

随意的一招在笑话我，

而我却高兴地将这

让人沮丧的认知

与一无所知的怡然相糅合。

1928年5月25日—10月28日

“我最后一次呼唤你……”

我最后一次呼唤你，请君出席
激人振奋的夜晚的宴席。
之所以说最后一次，你把我托向峰顶，
我的跌落也就从那里开始。

最后一次！生活中没有比别离
更为神圣，更让人痛苦不已。
它是我心灵温顺的羔羊，
被推移向生命的屠宰场。

在它身上往昔以非人的膂力
让人重又钟爱沉迷。
像处死前儿子抱着母亲
而后倒在共一座坟墓里。

1934 年 2 月 13 日

公猫穆尔的回忆

嬉戏中这等的睿智，睿智中这么的有趣——
令人快慰的朋友，我的谋主！
此刻它和卡图尔的麻雀，还有杰尔查文的飞燕，
待在那些花园里，火红色河流的对岸。

啊，火红色河流对岸的花园多么美艳，
没有卑鄙愚民，而是平静愉快的疏懒之家园！
诗人和野兽钟情的树荫
体验到应有的、永无止境的宁静！

我什么时候也能去到那里？我不想去赶
我的被纳入尘世凶年的期限，
但是我越发经常怀着献身的理想
飞往被神秘之网捕获的那些个的身旁。

1934

“穿过令人怡爽的四月阳光”

穿过令人怡爽的四月阳光——
便是这等让人难挨的冰凉。
一会儿是旋风卷起一路沙土，
一会儿喋喋不休的椋鸟停住声响。

在那里，大地北方的疆域之上
是一朵膨胀变大的深灰色云朵。
它把礼帽严实而低低拉到额上
两位衣着讲究者撒腿躲过。

伴着趋雹车的轰隆声响——
在高傲、愉快，而又恶毒的心上：
“这是我们闪电的断面，
这是我们的春天尽兴飞翔！”

1937 年 4 月 21 日
巴黎

“不，对于我来说……”

不，对于我来说，你曾奄奄一息
并不像苏格兰超群出众的女人：
你让心中别样的难忘的日子，
还有另外一种亲切的歌吟
留下的印记变得更加鲜明。
但它一晃而过，消弭已尽。
但是为了你对彻悟灵魂
短暂一瞬的掌控，
为了仁爱，为了大同——
愿你幸福！愿上帝与你共存！

1937 年 7 月 20
巴黎

“我听不见……”

我听不见您的话语。
请您不要走向我近前。
真想像狼一样躺在雪地！
皮毛直竖地仰面朝天！

露出的白色獠牙朝向天空
龇牙咧嘴发出吠叫——
为的是用牙齿
把这根舌头咬掉……

那么，还是让他们宣告，
我已经是江郎才尽，
这些人就是所有的绅士：
评论家，女士，友人。